LE JOUR ET L'HEURE

De la même auteure :

Que nos vies aient l'air d'un film parfait, Le Passage, 2012.
C'est dimanche et je n'y suis pour rien, L'Arbalète/Gallimard, 2015.
Une femme au téléphone, L'Arbalète/Gallimard, 2017.
Tenir jusqu'à l'aube, L'Arbalète/Gallimard, 2018.
Térébenthine, Gallimard, 2020.
Quelque chose à te dire, Gallimard, 2022.

www.editions-jclattes.fr

Carole Fives

LE JOUR ET L'HEURE

Roman

JC Lattès

Maquette de couverture : © Florine Synoradzki
Illustration : © Séverine Assous

ISBN : 978-2-7096-7267-2

Première édition août 2023.

À Odile

Audrey

La veille, j'étais de garde. Vers vingt-deux heures, on m'a appelée pour une urgence. Un accouchement compliqué. La mère avait fait une grosse hémorragie. On avait réussi à sauver le bébé et je venais de la transférer en réa dans un autre hôpital. J'étais encore totalement là-dedans, dans « Toi et ton bébé, je vous en supplie, vous restez en vie ». Il faut toujours un certain temps après pour redescendre. C'est très addictif les urgences gynécologiques, les urgences en général… on voudrait continuer à sauver le reste du monde, en mode superhéros, mais on reste là, les bras ballants : y'a plus personne à sauver. Alors je suis sortie me faire une clope sur le parking, ma garde venait de se terminer.

Il devait être deux heures du matin quand j'ai vu arriver le directeur de l'hôpital. Je lui ai demandé ce qu'il faisait là, en pleine nuit. Il m'a dit, je viens renflouer les stocks de sang, au cas où il y ait d'autres interventions. Quand j'ai revu le directeur, quelques semaines plus tard, il m'a dit, mais comment Audrey, cette nuit-là, c'était la veille de votre départ et vous ne m'aviez rien dit ! Mais qu'est-ce que j'aurais bien pu lui dire ?

J'étais allée voir la DRH et je lui avais expliqué que les semaines suivantes, je ne serais peut-être plus en état de travailler. Elle m'avait proposé quinze jours de congé, mais je ne lui avais pas donné plus de détails.

Ensuite, j'ai dû dormir trois ou quatre heures, ça ne me dérange pas, j'ai pris cette habitude de dormir très peu.

On s'est tous retrouvés à la gare de la Part-Dieu vers sept-huit heures. Maman avait son rendez-vous en début d'après-midi et elle n'avait qu'une peur, le rater. Le GPS annonçait cinq heures de route. On est partis avec la Peugeot à sept places. Papa et Maman devant, et nous, les quatre enfants, derrière, comme à la belle époque. Il ne manquait que les scoubidous et les cartes Panini.

Papa a toujours eu une conduite assez brusque mais alors là, on aurait dit qu'il le faisait exprès. De la banquette arrière, je voyais Maman, à l'avant. Elle ne disait rien mais, à chaque fois que

Papa freinait, ou accélérait, son visage se crispait. J'en avais mal pour elle. À un moment, il y a eu une énorme secousse, c'est sorti tout seul, je n'ai pas pu me retenir, mais c'est pas vrai ! Il va tous nous tuer ce con ! »

Théo

Je ne sais pas pourquoi j'ai amené ma carte routière. Les autres ont allumé leurs smartphones tous en même temps. Il y avait trois GPS, et trois itinéraires différents. Maman s'est foutue d'eux. Vous allez éteindre vos conneries et on va y aller au pif. De toute façon tous les trajets mènent au même endroit. Papa a dit, mais n'importe quoi, on ne peut pas y aller au pif sinon on va rater le rendez-vous. Il avait téléchargé la dernière application à la mode, je ne pouvais pas lutter. J'ai fini par replier ma carte routière.

En tant qu'unique garçon dans une tribu de filles, j'ai toujours fait profil bas. Je sentais que je n'avais pas intérêt à me mêler des histoires de mes trois sœurs, toujours à se chamailler, terrain plus que glissant. Mais ce matin-là, tout le monde se tait. Heureusement qu'il y a la radio pour faire diversion. Oublier que si l'on part à six, au retour, on ne sera plus que cinq. Ça me rappelle nos voyages en camionnette étant enfant, on a pas mal baroudé, l'Irlande, le Danemark, la Norvège… Il y a comme une continuité naturelle aujourd'hui, à se retrouver ensemble dans ce véhicule et à se rendre dans une ville inconnue. Un petit goût d'aventure.

Moi, j'étais particulièrement crevé, des semaines que j'avais la tête dans les travaux. Marie et moi, on venait d'acheter une maison. J'allais réattaquer les remplacements pour le boulot. Les collègues attendaient avec impatience que j'arrive, on était en sous-effectif, forcément, les cabinets médicaux dans le Loiret, ça fait des années qu'on est en sous-effectif. Mais là, c'était particulièrement tendu, déjà parce que c'était le mois de février et qu'en février, il y a toujours des épidémies en pagaille… Et moi, je me revois le nez dans les travaux alors que j'aurais aussi bien fait, enfin bref, on avait acheté cette superbe maison soi-disant sans travaux et en fait, la moitié de la maison était à refaire. Ça a commencé par l'électricité, puis les chéneaux, et rapidement j'ai compris qu'on s'était fait avoir par les artisans du vendeur et que cette grange n'était pas du tout rénovable, ou enfin, que la rénovation n'était pas dans nos moyens, que j'allais devoir mettre la main à la pâte. Là, j'en étais arrivé au moment où j'étais tellement dépassé que je ne faisais plus la part entre l'urgent et le non-urgent, alors qu'à ce moment-là, l'urgence, bien sûr, c'était Maman. Peut-être aussi qu'à un moment, ces travaux, c'était un choix inconscient, une fuite. Peut-être que je me suis lancé dans ces travaux pour ne pas penser à Maman. À cette décision qui nous dépasse tous. Mais nous y voilà, nous y sommes. À présent, on a quarante-huit heures devant nous. J – 2.

Jeanne

Est-ce parce que je suis la benjamine qu'on m'a foutue au fond de la voiture ? Ou que je m'y suis mise toute seule plutôt, tant j'ai intégré le message ? La plus petite, la plus malingre, la plus fragile et j'en passe… la seule qui n'ait pas fait médecine aussi… En attendant, j'ai passé une nuit blanche et mes sœurs aussi ont une tête à faire peur. Seule Maman a l'air en forme finalement…

Hier on a vidé les placards, elle ne voulait pas que Papa ait à faire ça seul, ensuite, en mode veuf éploré. Et moi, j'étais trop heureuse de partager ce moment avec elle. Tiens, ce foulard, tu le donneras à ta cousine, je suis sûre qu'il lui ira bien, et cette plante, ça pourrait faire plaisir à Luc, il aime tellement les plantes Luc… À un moment, elle a sorti sa robe d'avocate qui était restée dans sa housse, en haut d'un placard. J'ai dit, celle-là, elle est pour moi, je la veux. Elle a dit, oh non, cette vieillerie, ouste, à la poubelle. Elle a toujours détesté la symbolique qui allait avec le statut d'avocate, le côté apparat. Elle kiffait son métier, mais le reste, l'accoutrement comme elle disait, elle trouvait ça tellement ridicule. Pour elle, c'était le signe du corporatisme, de la domination des puissants sur les faibles, quand toute sa vie, elle n'a fait que lutter contre ça…

Une fois sur l'autoroute, Papa a mis la radio. Ils annonçaient un obstacle sur la chaussée, présence d'un ski ou d'une luge, restez vigilant. Ça devait être le retour de vacances côté Parisien, bref, Audrey avec sa grande gueule a dit, oh non pitié, pas 107.7, pas la radio de l'autoroute, et Papa, très calme, a dû répondre quelque chose comme, quand on roule à 130, ça peut être utile de savoir qu'un mec devant toi a perdu ses skis, et je sais pas pourquoi à ce moment-là on s'est tous regardés, les enfants à l'arrière, on avait à nouveau 5 ans, 8 ans, 10 ans, on a éclaté de rire et Maman avec nous.

Après c'est Maman qui a cherché une radio, aux infos on ne parlait que de Fillon, pouvait-il encore se présenter aux présidentielles ? Il criait au lynchage politique, au complot, enfin, le foin habituel avant les élections. Et puis il y a eu la météo, grand soleil sur tout le pays à partir de lundi. Qu'est-ce que ça lui faisait à Maman, d'entendre ça ? Lundi, il ferait beau sur toute la France sauf sur elle… Lundi, neuf heures, c'est la date qu'elle a fixée, il lui restait quoi… quarante-huit heures… Elle a changé de station. La FM s'est arrêtée sur une chanson qu'on entendait partout, Julien Doré, *T'aimer sur les booords du lac… ton corps sur mon corps*, enfin, c'était super gênant d'écouter ça en famille, surtout à un moment pareil, supposé être, je sais pas, moi, un peu solennel… Mais Maman a dit, laissez, laissez, ça me fait du bien, alors on a écouté la chanson jusqu'au bout, mais vraiment, j'en pouvais plus, je n'avais qu'une hâte, que ça s'arrête…

Audrey

Je ne réalisais pas vraiment ce qu'on allait faire là-bas. On vivait minute par minute, et c'est ça la vie finalement, c'est minute par minute, le reste, c'est du vent. Moi, à la différence de Maman, j'ai toujours préféré que la vie décide pour moi. C'est peut-être en Afrique que j'ai appris ça. C'est un peu cliché mais quand tu vis là-bas, t'es obligé de lâcher prise. Et s'il y a deux choses de belles sur Terre, dans le fond, c'est bien ça : ne décider ni de l'heure de l'atterrissage, ni de celle du décollage…

J'ai regardé mon portable, j'avais des messages de Franck. Il m'envoyait des photos des enfants. Comme si de rien n'était. Avec tout ce qu'il m'avait mis dans la tête les jours précédents, ce con. De toute façon, il ne comprenait rien. Il ne comprenait pas que Maman veuille partir si vite ; encore moins qu'on y aille tous avec elle. Ça le dépassait complètement... Pourtant, dès qu'il était descendu de l'avion la semaine d'avant, je lui avais annoncé la nouvelle. Il était allé la voir et il avait enfin compris ce qui se passait. Pour nous, c'était différent bien sûr, ça faisait des mois qu'on s'y préparait. J'avais bien essayé de le prévenir mais il ne répondait jamais à mes appels. Je me voyais mal lui annoncer la nouvelle par messagerie interposée. J'avais traversé tout ça seule, avec mes trois enfants, les amener à l'école chaque matin et assumer mes gardes de nuit à l'hôpital. C'était dingue qu'il soit de retour du Congo juste à ce moment-là. Mais la veille du départ, il avait complètement pété les plombs. Il disait que tout ça, c'était ma faute. Que s'il ne voyait plus ses enfants, c'était que je les lui avais enlevés ! C'était sa nouvelle version et, pour mieux s'en convaincre, il hurlait. Il avait fini par réveiller les enfants. Le plus grand est arrivé dans le salon, il a dit j'ai soif, je n'arrive plus à dormir. Il était inquiet, bien sûr. Moi, je ne disais rien. Je sentais que si je répondais quelque chose, il allait frapper. Il répétait qu'il ne voulait pas divorcer, qu'il ne signerait pas les papiers. Je ne l'avais jamais vu dans cet état. Cette violence, non, je ne connaissais pas. La violence psychologique, je connaissais, surtout les dernières années, les insultes, les tromperies, les humiliations, bien sûr. Mais cette violence-là, que je sentais monter, c'était nouveau. Il y avait cette possibilité de dérapage… Dans la voiture, le lendemain, j'étais encore avec ça, avec la femme dont j'avais arrêté l'hémorragie quelques heures plus tôt, avec Frank et ses menaces. Et au moment où j'avais le plus besoin de lui. Je ne lui pardonnerai jamais. Il était dépassé par cette histoire familiale. Il ne comprenait pas qu'on puisse prendre la voiture tous ensemble, il ne pensait pas qu'on en soit capables.

Il hurlait. Et moi, je me disais que je me faisais réellement planter par mon homme, parce qu'en disant tout ce qu'il m'a dit cette nuit-là, en parlant comme il le faisait, on savait lui comme moi qu'il n'y aurait plus aucun retour possible. La situation avec Maman, ça le dépassait complètement, il ne comprenait pas qu'on puisse vivre ça. Je ne sais pas s'il sera capable de comprendre un jour. Il y a des gens qui sont dépassés par la liberté que prennent les autres, ça les enrage, ça les rend dingue. Ils aimeraient que tout le monde reste englué, exactement comme eux.

Simon

On est partis de Saint-Just et on a récupéré les enfants à la Part-Dieu. Audrey sortait d'une garde. On avait mis trois GPS en route qui donnaient trois trajets différents. Il y a eu une discussion sur le fait de savoir si on passait par Besançon ou si on prenait plutôt l'autoroute de Genève. C'était moi qui conduisais. J'adore conduire, et je crois pouvoir dire sans me vanter que je suis un excellent conducteur. C'est pour moi une seconde nature, je conduis de façon très intuitive, j'ai tellement fait de kilomètres dans ma vie.

Édith était de plus en plus fatiguée et elle ne supportait plus de voyager assise, dans son état. C'était une longue route, j'enrageais, c'est dommage de devoir aller jusqu'en Suisse ou en Belgique pour faire ça. On a tout ce qu'il faut en France, les produits, les médecins. Il ne manque que la loi !

On avait déjà changé la voiture deux ans avant. On avait une 307 mais c'était trop tape-cul, ça lui faisait des secousses, c'était plus supportable. Celle-ci avait un boîtier automatique et une conduite beaucoup plus douce. On était dans nos pensées chacun. Depuis l'été précédent, la main droite d'Édith commençait à se paralyser. On avait plusieurs copains belges qui pratiquaient l'euthanasie, ils avaient proposé qu'elle aille en Belgique ou qu'ils viennent ici avec le matériel. Mais moi, je ne voulais pas mettre ça entre eux et moi. C'est trop important comme geste, ça prend trop de place dans une relation. J'ai appelé mon ami pour lui expliquer qu'on ferait ça en Suisse finalement, il m'a dit merci, vraiment, merci. Sa mère à lui avait eu une euthanasie quinze ans plus tôt, il avait fait appel à un proche et il m'a avoué qu'ils avaient mis des années à s'en remettre. C'est un geste trop fort, il faut que ce soit quelqu'un d'extérieur, de salarié, il faut que ce soit considéré comme un vrai travail, l'accompagnement vers la mort.

Moi, je voulais qu'elle puisse aller jusqu'au bout de ce dont elle avait envie, qu'il n'y ait aucune entrave à ses souhaits, qu'elle s'en aille apaisée.

Dans notre couple, j'ai toujours eu le sentiment d'occuper trop d'espace, trop, et là je me disais, ferme-là Simon, c'est pas toi qui en es là, c'est elle ». C'était quelqu'un de modeste et ça la gênait d'avoir cette place centrale ce week-end-là. Cette place qu'elle n'avait pas envie d'avoir. Qui en aurait envie ?

Jeanne

Je trouvais que c'était important d'en parler aux enfants. Je voulais qu'ils sachent que c'étaient les dernières semaines et que s'ils voulaient, ils pouvaient en profiter. Les enfants, il faut que je vous dise un truc. Édith n'est pas éternelle, elle est malade et elle ne vivra pas l'agonie qui va avec. Ah bon ? Non, il y a des gens qui préfèrent s'en aller quand ils sont encore debout. Au moins, les enfants l'ont vécu en conscience. Ça nous a permis d'avoir avec eux des discussions de fond sur la vie, la mort.

J'ai pris un BlaBlaCar pour y aller, je préférais, car le train, avec tous les changements entre Agen et Lyon, c'était trop risqué. Le type qui m'a prise s'appelait Jean-Yves, il avait la cinquantaine. Au début on était juste tous les deux dans la voiture et je lui ai raconté pourquoi j'étais là. Lui, il faisait l'aller-retour tous les mois pour voir ses enfants. Une fois par mois j'ai pensé, c'est pas grand-chose pour un papa. Mais je me suis tue et je lui ai tout dit, que je rejoignais ma famille pour aller en Suisse, que ce serait le dernier voyage de ma mère. Il m'a écoutée, ça me faisait du bien mais de toute façon, tous les gens que je croisais depuis des semaines, je ne pouvais pas m'empêcher de leur en parler. C'était irrépressible, je ne parlais plus que de ça, ça me débordait. J'avais besoin d'expliquer pour le comprendre moi-même, je crois. J'avais mis tout le reste entre parenthèses. Ensuite, d'autres voyageurs sont montés. Mais Jean-Yves et moi, on continuait à discuter et les autres, ils hallucinaient. Ils ont fini par me poser plein de questions. Je leur disais, non, ce n'est pas un suicide, ça s'appelle mort volontaire assistée, c'est bien différent. Non, elle ne veut pas mourir, c'est un seuil de tolérance à la douleur qu'elle a fixé elle-même. C'est un vrai renoncement à tout ce que la vie pourrait encore lui offrir. Ma mère kiffe la vie, ma mère kiffe ses petits-enfants et elle part vraiment bien malgré elle.

Depuis un mois on était dans les starking-blocks. Le premier week-end de février, elle avait tout déclenché en fixant la date. Elle avait dit, le 15 mars, je serai partie. La semaine suivante, l'association suisse l'avait rappelée, on a trop de monde en mars, ce sera le 15 avril. Elle nous avait téléphoné, j'ai un sursis d'un mois ! Elle s'était accordé quelques jours de répit, elle avait dit à Papa, tu vas voir qu'on va passer bien plus que la Saint-Valentin ensemble ! Puis elle avait elle-même rappelé l'association trois jours après pour leur dire, c'est impossible, je dois partir en mars. Quand je suis descendue la voir le week-end suivant, elle m'a sauté au cou comme une gamine, ça y est j'ai l'autorisation, j'ai l'autorisation ! C'était choquant, on aurait dit qu'elle était reçue à un examen ou à un concours, elle était tout excitée. En fait, l'asso l'avait rappelée et lui avait dit, à partir de maintenant, c'est quand vous voulez, vous choisissez la date. Elle m'a dit, oh là là, je dois quand même attendre l'anniversaire d'untel, et puis la visite d'une telle… Je lui ai dit stop, pense à toi, ta date, c'est ta date. Papa et elle ont convoqué un conseil de famille le soir même, et c'est là qu'elle a décidé que ce serait le 13 mars.

Anna

On croit toujours que nos mères sont éternelles.

Elle, elle disait, vous verrez, ça va vous libérer comme moi j'ai été libérée par la mort de ma mère. Elle disait que ça l'avait fait grandir et devenir femme plus vite. Il faut dire qu'elle était encore très dépendante de sa mère. Moi, dans ma tête, ça faisait longtemps que le cordon était rompu, ça faisait longtemps que j'étais adulte. Quand elle m'avançait ça comme argument de vente, que sa mort allait nous faire du bien, je lui en voulais, et en plus j'avais envie d'ajouter, pour moi, c'est déjà fait, je n'ai pas attendu ton départ pour me libérer de toi.

Je me disais surtout, ça y est, on y est, il était temps. Parce que jusqu'ici, le problème, mon problème, c'était justement, comment le remplir tout ce temps. Moi, ça faisait deux ans que je savais. Deux ans à tuer. C'était l'été 2014. Dès que le diagnostic est tombé, j'ai su que c'était fini. Moi, le deuil de Maman, je l'ai fait à vingt ans, quand j'ai quitté la maison. J'ai dû me faire aider. Une thérapie pour couper le cordon. C'est grâce à ça que j'ai pu rencontrer Luc et faire tout ce que j'ai fait avec lui. Mais aujourd'hui, c'est pour mon fils que j'ai mal. Le jour où j'ai su, je ne lui ai rien dit bien sûr, il avait quoi, à peine quatre ans, mais il aimait énormément sa grand-mère. Je pleurais pour lui et pour l'enfant que j'avais dans le ventre. J'allais accoucher d'une petite fille qui ne connaîtrait pas sa grand-mère.

Le soir du diagnostic, Léon en a parlé à table. Il m'a dit, tu sais, Madith – c'est comme ça qu'il l'appelle, Madith –, je voudrais qu'elle soit éternelle. Il avait dû sentir quelque chose, c'est fou. Il me disait qu'il voulait que sa grand-mère soit éternelle le jour où on m'annonçait qu'elle n'en avait plus pour longtemps. J'ai rien pu répondre. Toutes mes larmes sont pour lui à présent. Pour cette grand-mère qu'il adorait et qu'il ne verra plus. C'est ce qui me met limite en colère. Qu'elle décide, comme ça, d'abandonner ses petits-enfants qui ont encore besoin d'elle. C'est le plus dur. Se dire qu'ils ne la verront plus. Moi, ça fait deux ans que j'ai le cœur avec ça, ça fait deux ans que j'angoisse avec cette épée de Damoclès suspendue au-dessus de ma tête, un vrai compte à rebours.

Théo

Au milieu du bazar qu'était devenu ma vie à ce moment-là, ce voyage me faisait presque du bien. Partir à l'aventure. Découvrir une partie des Alpes qu'on ne connaissait pas. C'était une journée de printemps. Les choses étaient vivantes, ça poussait de partout. On avait déjeuné dans une ville où je ne m'étais jamais arrêté, en Bourgogne. Près d'un canal. Ça avait tout d'un voyage. On avait tout le temps. J'ai pris un *fish and chips*, puis on est sortis fumer à l'extérieur. On fume tous les quatre. C'était bizarre de fumer dans un moment comme ça. On provoquait notre propre mort en accompagnant celle de notre mère. Nous aussi dans le fond, on faisait ce qu'on voulait de notre vie. On jouait. Un jeu morbide, certes, mais on jouait. Édith m'a dit, saloperie de tabac en me regardant avec un sourire. Elle avait cette façon de t'adresser un reproche avec le sourire. C'était un vrai regret pour elle que ses quatre mômes fument, bien sûr. Moi, j'étais non-fumeur jusqu'à la fac. Je voyais mes potes fumer dehors, ça me paraissait d'une absurdité totale. Comment pouvait-on éprouver du plaisir à tirer sur un tube en papier ? Quand je suis arrivé à la fac, j'ai commencé à bosser en binôme avec un type qui, lui, était gros fumeur. Première année de médecine, on bossait comme des fous. Il m'a appris comment retenir par cœur des pages entières, et moi, comme il avait parfois du mal à comprendre, je lui expliquais les formules, on allait plus en profondeur. Et en lui expliquant, je retenais mieux moi aussi. On était ultra-complémentaires. C'est là que j'ai compris qu'on n'arrive à rien tout seul. Mais je suis passé à un paquet puis deux à la fin de l'année. C'était la fête, c'était la liberté. Je partageais un appart avec ma sœur Jeanne, dont j'étais le plus proche en âge. Notre père était un anti-tabac violent. Après avoir été un fumeur de Gitanes, de Marlboro dans les années 70. Un cowboy. Mais le cowboy avait su s'arrêter et il nous reprochait de faire comme lui au même âge. Ma sœur Jeanne, c'était la punk de la famille. Il y avait les deux grandes, Audrey, Anna, et puis Jaja et moi, les deux petits. Enfant, on se battait comme des chiffonniers tous les deux. Mais à la fac, on se fendait bien la gueule. Jaja et ses copains déjantés. Jaja et ses idées farfelues. On s'amusait vraiment. C'était plus une copine qu'une sœur. Trois sœurs, c'est compliqué. Je m'amuse avec Jaja, je suis les chemins balisés par Anna, et j'écoute Audrey, l'aînée. Mais très vite, je comprends que mes affaires perso se jouent à l'extérieur. Dans la famille, je joue le plus souvent la neutralité.

Audrey

Dans la voiture, Frank m'inondait de photos des enfants au square, tout souriants. C'est ce qu'il y a de fou quand les gens se séparent, même dans les pires moments, ils continuent de s'envoyer des photos des enfants. Évidemment, les enfants, je ne leur avais rien dit pour Maman. Je pensais tout le temps à eux mais, comment leur annoncer une chose pareille en plein divorce ?

J'avais ça dans la tête et cette femme que j'avais sauvée. Cette femme qui se vidait de son sang et moi qui lui glissais, qui l'implorais, reste, reste sur terre. Toi et ton bébé, s'il vous plaît, restez. Ma mère, elle avait choisi de partir, mais cette femme qu'on m'avait amenée en pleine nuit, c'était moi qui décidais. Et pas question de la laisser mourir. C'était comme un échange, une vie que je sauvais contre celle de ma mère. Je reprenais pied. Et surtout, je n'étais plus totalement impuissante face à la décision de Maman. Une vie contre une autre.

La veille, on était allés faire un tour à vélo Frank et moi, juste avec la petite. Les deux grands étaient restés à l'appartement, on avait pris les vélos et on était partis en balade, comme on le faisait avant. Puis on s'était arrêtés dans une aire de jeux. Lucy escaladait un portique avec des cordages.

Lui, il n'arrêtait pas de parler. Il répétait, je ne comprends pas pourquoi tu veux qu'on divorce. Il y a des tas de gens qui ne vivent pas ensemble mais qui restent mariés. Je lui ai dit, tu ne comprends pas, il faudrait que j'accepte tout, ton absence d'implication pour les enfants, ton absence d'implication financière, ton absence tout court. Sans parler de ta double vie, cette femme avec qui tu partages ton temps maintenant, il faudrait que j'accepte ça ? Mais ça sert à quoi de rester mariés dans ces conditions ?

Et puis Lucy a disparu. Elle n'était plus sur l'aire de jeux ni sur les toboggans. Et juste derrière la piste cyclable, il y avait le Rhône. Là, je me suis dit, OK, ma mère va mourir dans deux jours et ma fille est peut-être déjà noyée dans le fleuve. Je courais partout, je me déroulais tout le film, ça va s'arrêter quand, ça va s'arrêter quand le cauchemar ? Il va falloir que j'aille à la police dire que ma fille a disparu. Avec mon mec qui me répète qu'il ne veut pas divorcer. Quinze minutes hors du temps. Je me disais, j'ai déconné, pourquoi je n'ai pas surveillé Lucy au lieu de l'écouter débiter ses conneries à lui. Les enfants n'aiment pas voir leurs parents se disputer. Ils en avaient déjà plein la tête de nos histoires, alors là, pour une fois qu'on était en promenade avec Lucy, elle attendait sûrement autre chose du haut de ses six ans. Elle attendait qu'on la regarde grimper, qu'on l'encourage, qu'on la félicite. Pour une fois qu'on était réunis, ça faisait des années que ce n'était pas arrivé qu'on se retrouve seuls tous les trois. Mais au lieu de ça, au lieu de regarder notre fille, il avait recommencé, tu ne peux pas me faire ça, tu ne peux pas nous faire ça, mettre tous ces kilomètres entre les enfants et moi. Et à présent, lui et moi on courait partout, on hurlait Lucy, Lucy, comme deux déments. Et puis à un moment, je me suis retournée et je l'ai vue. Elle s'était assise au bord du Rhône, elle avait enlevé ses sandales et elle remuait ses pieds dans l'eau. Elle avait traversé la piste cyclable toute seule et elle se penchait, se penchait pour voir l'eau. Quand je l'ai prise dans mes bras, je tremblais.

Ces derniers jours avec Franck, c'était le feu d'artifice final parce que je lui échappais. J'avais subi une vraie violence les cinq dernières années.

J'ai vraiment compris ce que j'avais vécu quand j'ai assisté à une formation professionnelle sur les femmes battues. Tout me revenait. Il me disait, t'as vu comme t'es moche maintenant, et dire que moi, je reste avec toi. T'as vu le poids que t'as pris avec tes grossesses ? Plus personne ne voudrait de toi dans ton état. T'es pas un peu dépressive depuis la naissance du troisième ? Je ne suis pas sûr qu'il y ait beaucoup de mecs qui supporteraient ça, t'as de la chance de m'avoir. Quand on te répète ça tous les jours, au bout de quelques années, t'es juste à ramasser à la petite cuillère. Tu te dis toujours que ça va s'arrêter, qu'il est dans une mauvaise passe, qu'il va redevenir comme avant. Mais il claquait tout ce que je gagnais dans ses groupes de musique, ses répétitions avec ses choristes et moi, j'en étais à ne plus pouvoir payer l'école des enfants. Je ne pouvais plus assumer l'école française là-bas, il dépensait tout dans ses enregistrements, ses concerts. Il me disait, t'as qu'à trouver des solutions, l'argent, c'est pas mon problème, j'ai autre chose à foutre. T'as toujours su que j'étais musicien, c'était notre deal, moi, je crée, toi, tu me soutiens. Il jouait à l'artiste maudit. Et s'il n'était pas devenu le grand musicien qu'il méritait d'être, c'était à cause de moi. Dans la voiture, avec tout ce qui s'était passé la veille, je me disais, c'est le point final, vraiment. Et dans un sens, le départ de Maman m'aidait à y voir plus clair. Le fait qu'il m'enfonce à ce moment-là, quand j'avais le plus besoin de soutien et de calme. Maman avait compris ce qui se jouait avec lui, elle était la seule qui l'ait compris, les autres n'avaient pas vu. Les dernières paroles qu'elle a eues pour moi ont été, trouve-toi quelqu'un de bien ma fille. Oui, ce voyage, je l'ai vécu minute par minute, j'étais pas capable de plus. On était bien tous les six. On avait retrouvé notre belle unité familiale. Il n'y avait pas d'interférence, je veux dire, pas de conjoint, on était à nouveau leurs enfants chéris, Papa et Maman avaient pris une décision, et nous, on les suivait.

Jeanne

Les Polaroid, c'était mon idée. Je ne supportais pas de prendre des photos qu'elle ne verrait jamais. J'avais trouvé un modèle d'occasion sur Le Bon coin. Ça n'était pas un vieux Pola des années 70, mais un modèle récent, orange fluo. Je n'avais pas eu le temps de lire la notice et en plus, j'avais bien failli l'oublier dans le BlaBlaCar, bref, j'ai quand même sorti l'appareil de mon sac au resto, et si on faisait une photo de famille ? J'essayais de comprendre comment ça marchait, les boutons, le bordel, ça paraissait simple mais rien ne se déclenchait. Édith a dit passe-le-moi, j'en avais un quand j'étais jeune de Pola, est-ce que tu as mis des piles au moins ? Je lui jure que oui, la batterie est chargée, la pellicule est neuve… On appuie sur les boutons, on retourne l'appareil dans tous les sens, et d'un seul coup, un bruit de mitraillette, paf paf paf paf paf… les photos se mettent à pleuvoir sur la nappe du resto… des gros plans sur nos bouches déformées, nos yeux froncés, nos fronts décapités… Maman a éclaté de rire, eh bien, on peut dire qu'elles sont réussies, tes photos !

Pendant le repas, je ne me sentais pas super bien, j'avais un début de migraine, faut dire que j'avais pas dormi c'est sûr, mais c'était autre chose, plus diffus, l'angoisse peut-être mais qui ne ressentirait pas d'angoisse dans un moment pareil ?

Le mois précédent, chaque week-end, j'étais montée la voir, je m'étais gavée de Maman. J'en avais profité un max. Mais vraiment. Tout mon cerveau était branché là-dessus. Je ne pouvais parler que de ça, même à des inconnus, j'en avais besoin.

J'ai dit, stop, je fais une pause dans ma vie. Pourtant je venais de lancer mon activité et ça décollait enfin. J'ai commencé par me payer 350 balles par mois, je faisais surtout de la formation, des animations dans les écoles. Mais là, j'étais une ombre. Tout le monde disait, Jeanne, mais où est Jeanne ? Eh bien Jeanne, elle n'est pas là. Quatre semaines où j'ai tout mis entre parenthèses, quatre semaines où je suis remontée voir ma mère chaque week-end.

Perdre sa mère, c'est devenir définitivement adulte, c'est se dire, je ne peux plus aller chouiner dans les jupes de Maman, je n'ai plus qu'à m'assumer.

Un des derniers weekends, j'avais embarqué Alice avec moi à Lyon. On était parties faire une balade, le long du Rhône. On était descendues sur les quais. Trois générations réunies, Maman, Alice et moi. Elle a dit, je vais m'asseoir sur un banc. J'ai dit, repose-toi, on va chercher des sandwichs. En remontant les marches et la voyant si petite, en contrebas, j'ai réalisé qu'on ne pouvait pas la laisser toute seule. Ses jambes commençaient à lâcher. La veille pourtant, on était allés voir une pièce de théâtre sur les migrants, les femmes afghanes, elle était très fière car elle était redescendue à pied de la Croix-Rousse mais là, ses jambes l'abandonnaient à nouveau. On était au niveau de la passerelle du Collège. On est redescendues la chercher, on est allées se faire un bon petit resto. On a passé le repas entier à chialer. Seule Alice essayait de faire des blagues, de nous faire sourire. On est revenues à l'appartement, elle voulait être seule avec Papa. Ils ont pris leur décision tous les deux, ils ont appelé deux heures plus tard, faites garder vos enfants ce soir et venez tous à la maison, on a quelque chose à vous dire. C'est là qu'ils nous ont annoncé la date. C'était pas facile pour nous car elle nous a caché sa douleur jusqu'à la fin. Une fois, elle m'a montré sa tête et m'a dit, ça arrive, ça arrive là aussi !

Elle sentait que sa boîte crânienne se resserrait comme un étau. Elle avait déjà perdu ses mains, ses jambes et le cerveau aussi commençait à lâcher…

Théo

On a mangé dehors, tous ensemble. Il y a ces photos que Papa a prises, elle a les traits tirés mais elle sourit derrière ses grosses lunettes de soleil. C'était un moment en famille, assez joyeux en somme. Ambiance bon enfant. Elle était maire de son village, à Saint-Just. Elle nous a expliqué comment, quelques semaines plus tôt, elle avait refusé de prêter une salle municipale pour accueillir un meeting de l'extrême droite. On a commencé à la taquiner, hé madame la mairesse, c'est un abus de pouvoir dans l'exercice de vos fonctions démocratiques ! On lui disait qu'elle était un dictateur. Une dictatrice, insistait-elle, n'ayez pas peur de dire dictatrice, j'assume. C'est vrai qu'elle a toujours voulu tout contrôler, jusqu'à sa fin. L'hyper-contrôle, ça, c'était son truc. Personne ne lui en a rien dit bien sûr, mais je sais qu'on l'a tous pensé.

Anna

Elle voulait tout nous transmettre, même ses cactus, elle disait, prends ce cactus, Luc l'aime beaucoup. Mais je ne voulais rien, surtout pas qu'elle m'impose ses objets, ses meubles. Moi, dans les objets, je ne mets aucune émotion, je vais aimer une chose parce que je la trouve belle ou utile, mais surtout pas parce qu'elle me rappelle quelqu'un, je ne fais aucun transfert sur les objets. Ma copine Dahlia, à chaque anniversaire de sa mère, elle allume une bougie ! Pour moi, c'est pas là que ça se joue, je n'ai pas besoin de bougies pour me souvenir. Des images, ça, oui, des images, j'en ai plein la tête.

Les vêtements pareil, elle voulait me refiler ses parkas, une parka neuve, elle me dit, on fait exactement la même taille, prends-la, elle te sera utile. Mais quelle horreur ! Je ne vais pas me balader avec la parka de ma mère sur le dos, je ne sais pas, ça m'envahit, comme m'ont toujours envahie mes parents. C'étaient des parents aimants, je ne peux pas le leur reprocher, ça, pour être aimés on a été aimés, mais des fois, t'as juste besoin de dire stop, l'amour, c'est bien mais trop, c'est étouffant.

Dans la voiture je pensai au *Harry Potter* que j'avais emmené. Je me disais qu'en arrivant à l'hôtel, je reprendrais mon *Harry Potter.* Trop heureuse d'avoir ça à lire. Trop envie de me changer les idées. Juste envie de lire un truc qui ne parle pas de ce que je suis en train de vivre. Moi, mon livre préféré, c'est *Beloved*, de Toni Morrison, je l'ai offert à beaucoup de monde. C'est tellement puissant, cette revendication de liberté, cette colère. Cette belle colère.

Après ces mois de solitude, chacun dans son coin, se retrouver embarqués dans la même voiture, comme quand on avait dix ans, c'est plutôt un soulagement… Pour moi, c'est fait de toute façon, c'est déjà comme si c'était fait depuis deux ans. On va juste accomplir la dernière formalité que ça implique. C'est la fin du compte à rebours et putain, il était temps.

Je ne sais pas ce que ça va me faire, je ne sais pas si je serai capable de rester près d'elle jusqu'au bout. C'est fou comme, très vite, elle a parlé de sa mort comme d'une chose presque banale…

Un truc de plus sur une liste, le 13 mars, ne pas oublier de mourir… Le sens de l'organisation jusqu'au bout… Je ne sais pas ce que ça va me faire et pourtant, j'en ai bouffé du soin palliatif, j'ai fait ça une grande partie de ma carrière, mais quand c'est sa propre mère, c'est tellement, tellement différent.

Simon

Dans ma patientèle, personne ne m'a jamais fait la demande que m'a faite ma femme. J'ai bien entendu des gens me dire, docteur, je vais mourir, je voudrais me suicider. Des fois ils le font, ou pas. Mais ce n'est pas une question que me posera directement un patient. En quarante ans de médecine, je n'ai jamais parlé directement de la mort avec aucun d'entre eux. Je me suis souvent fait la réflexion, comment ai-je pu laisser mes malades seuls sans les accompagner jusque-là ? Certains me disaient d'un ton plus au moins désespéré, docteur, j'ai mal, donnez-moi le bouillon de onze heures… mais c'est vrai que derrière cette demande, j'entendais plutôt, je ne vais pas bien, trouvez une solution plutôt que, achevez-moi. J'entendais ce que je voulais bien entendre.

Quand on leur a parlé de notre projet, les médecins disaient, mais voyons, vous n'en êtes pas encore là ! Ils minimisaient beaucoup les éventuelles évolutions de la maladie. Lorsqu'on est médecin, on n'est pas préparé à la mort des gens. Notre mission, c'est de les tenir en vie coûte que coûte, en dépit de leur liberté. La mort, ce n'est pas notre sujet. Notre société est comme ça, elle ne veut pas regarder la mort en face. Et pourtant, j'ai lu dernièrement de très belles choses des philosophes grecs. Philosopher, c'est apprendre à mourir, pensaient-ils. Et si soigner, c'était aussi apprendre à mourir ?

Anna

Il y avait un air d'opéra à la radio et Jeanne s'est mise à chantonner. J'avais envie de lui dire, chut, ta voix me dérange. Comme quand on était enfants et que je ne me gênais pas pour la faire taire, parce que c'était la plus petite, parce que c'était plus facile que de lutter contre Audrey, qui, elle, monopolisait tout le temps la parole. Moi, j'ai vite opté pour une position de retrait, d'observation. Du coup, je passais pour la fille toujours sage, toujours calme, ça m'arrangeait bien. Mais moins je parlais, et plus Audrey et Maman se lâchaient. Très jeune, je suis devenue leur confidente, celle qui écoute, celle qui comprend, bien malgré moi. Quand mes sœurs ou ma mère allaient mal, c'était moi qui servais d'éponge. Quand je me suis barrée faire mes études à Marseille, j'ai enfin compris que j'avais envie d'autre chose, que je ne pouvais pas exister qu'à travers elles... C'était vital, il fallait que je m'éloigne. Le deuil de la famille, il y en a qui attendent la toute dernière extrémité pour le faire. Il y en a qui ne le font jamais, qui restent toujours les enfants, les petits... Moi, je n'ai pas attendu la mort de Maman pour tuer la mère, c'était déjà fait depuis longtemps.

Mon premier stage de médecine, c'était dans une unité de chirurgie digestive, dans une chambre, il y avait un type en train de mourir d'un cancer du foie... Personne ne passait le voir... comme si c'était honteux, de mourir dans son coin... J'y suis allée, je lui ai dit, monsieur, vous êtes en train de mourir. Il m'a simplement répondu, merci de me le dire. Il a aussitôt fait appeler sa famille, il a pu leur parler, leur dire au revoir. Il est mort deux jours plus tard. Sinon, ils se disent quoi les gens ? Ils ne savent pas, ils ne peuvent pas savoir si on ne leur dit rien... Les hôpitaux sont plein de gens qui meurent sans comprendre ce qui leur arrive...

Là où je travaillais, en soins palliatifs, il y avait beaucoup de maladies neurologiques et la philosophie, c'était plutôt qu'en accompagnant bien les personnes, il n'y avait aucune raison d'accélérer les choses. J'étais encore dans cette logique-là et Maman, je l'écoutais sans l'écouter. En fait, j'étais moi aussi dans le déni. Quand elle a parlé de la Belgique, j'ai compris ce qui allait se passer. On a dit non. Nous, on a aussi besoin d'être accompagnés là-dedans, on ne peut pas porter ça. On s'est tous retrouvés à Saint-Just. Après, j'ai revu les parents et Maman m'a demandé de l'aider à trouver une association. J'ai commencé à chercher sur le Net, en appelant de droite à gauche, alors là, tu meurs comme ci, là, tu meurs comme ça, au bout d'une journée, j'en pouvais plus. C'est un truc assez étrange, trouver l'endroit où l'on va tuer ta mère. Elle a fini par comprendre que je n'avais pas forcément envie de l'aider. Je n'en ai plus entendu parler. Noël se passe, elle paraît en pleine forme ou presque. Et parce qu'elle n'en parle plus, on se dit, tiens, ce n'est peut-être pas pour tout de suite. Mais on était tous là pour Noël, ce qui n'était pas arrivé depuis des années. On avait peur, on sentait que c'était important d'être ensemble.

Jeanne

Quelques semaines plus tôt, on était dans une fête de quartier, à Agen, et on a vu passer un cortège de mariage. Les voitures klaxonnaient, se faisaient des queues-de-poisson. À un moment, on n'a pas compris ce qui se passait, le cortège s'est interrompu brusquement, des gars en costard-cravate sont sortis de leurs BM de location et ont commencé à castagner. Une centaine de gars sortis de nulle part ont déboulé, ils surgissaient de partout et se foutaient sur la gueule. D'un côté, les gars en queue-de-pie, de l'autre, ceux en survêt. Un règlement de comptes entre deux bandes du quartier, ils encerclaient le jardin où l'on faisait la fête. On est sorties pour les arrêter. Je n'avais jamais vu autant de jeunes mecs réunis, il en sortait de partout. J'ai tenté d'en retenir certains en criant, arrêtez arrêtez, puis j'ai vu qu'un type était armé, j'ai pris peur et j'ai reculé. Un garçon a surgi en brandissant son tee-shirt au-dessus de sa poitrine. Il y avait une tache rouge au niveau du cœur. Je vais vers lui, je le prends par les épaules et je lui dis, allonge-toi, allonge-toi, tu es blessé. Il me repousse et continue sa course, avant de s'écrouler dix mètres plus loin. Les jeunes continuaient de se foutre sur la tronche et il y avait ce jeune homme, à terre. Je n'osais pas approcher, je criais, appelez une ambulance, il y a un blessé merde, appelez une ambulance. Mais personne ne m'entendait, c'était un cauchemar. J'étais persuadée que le jeune s'était pris un coup de couteau alors que c'était un flingue. Une autre mère du quartier est arrivée, elle m'a dit, viens Jaja, il y a des armes à feu, on vient d'appeler les flics, ils vont arriver. Je lui montrais le jeune homme quelques mètres plus loin, c'est lui, c'est lui qui a besoin d'aide, elle m'a dit, déconne pas, viens, l'ambulance va arriver d'une minute à l'autre. Ce qu'on ne savait pas, c'était que ce week-end-là, il y avait la visite d'un ministre dans un quartier voisin, et que tous les flics et les pompiers étaient mobilisés là-bas. Quand ils sont enfin arrivés, il était trop tard, le gars était mort. Ce jour-là, c'était vraiment le triomphe de la connerie… ça m'a hantée pendant plusieurs mois. Quelque temps plus tard, j'ai croisé un autre cortège de mariage en ville, dans ma tête c'était panique à bord.

Théo

Maman avait ses mains qui lui faisaient mal, elle a commencé à porter des gants de soie parce que le moindre contact lui devenait insupportable. Et puis il y a bien eu un an ou deux de flottement avant d'avoir un diagnostic. Dégénérescence cortico-basale. Un sous-groupe du Parkinson. Elle est restée à l'hôpital neuro pendant deux-trois jours. Là, je vais la voir. On se pose et on parle. Le diagnostic n'était pas encore certain mais elle avait déjà son projet. On savait ce que, c'était cette maladie. Je ne veux pas devenir démente. Édith est quelqu'un de très fier, l'idée de vivre la déficience lui était insupportable. Elle m'a dit qu'elle avait pensé plein de fois à se jeter par-dessus le balcon.

Puis on n'a plus trop reparlé de ça, le rythme familial a repris son cours, elle s'occupait de ses petits-enfants comme elle pouvait avec Simon. Quelques semaines plus tard, je reçois un appel de Simon. Il a décidé de rapporter des produits de Belgique. Vent de folie dans la famille. Je prends conscience du truc par paliers brutaux. Jusque-là, c'était juste un futur possible, ça allait encore. Mais à partir du moment où elle a commencé à planifier les choses, après, c'est allé très vite.

On lui a dit, Maman, on est d'accord, et philosophiquement on te suit. Mais pas question de se mettre en danger. De faire ça de façon illégale. Ou ça risque de finir au pénal. En Suisse, la loi existe depuis 1480, depuis le XVe siècle. Le conseil de l'ordre est contre cette pratique mais le droit helvétique a protège. Ne sont éligibles que les gens atteints de maladie incurable et en pleine conscience de leurs moyens. Tu te donnes la mort, c'est tout.

Édith a été très active, c'est elle qui a trouvé ces associations. Moi, j'ai toujours la tête dans mes travaux, la vie continue. Mais à un moment, il a fallu fixer une date. Maman n'avait qu'une peur, se faire rattraper par la maladie.

Elle a avancé la date d'un mois. Elle avait peur de ne plus pouvoir le faire, elle était pétrie d'angoisse par rapport à ça. Tant que c'est à plus d'un mois, c'est pas encore concret et tu peux toujours te débiner. Et puis quand la date est fixée, tout s'accélère. Tu te crois dans les rapides, quand tu réalises que tu es déjà dans la chute.

Anna

La semaine précédente, j'ai décidé de partir en vacances comme prévu. Qu'est-ce que je pouvais faire d'autre ? Aller la voir et lui tenir la main ? C'était tellement insupportable, cette attente, j'aimais autant que ce soit avancé. De toute façon, pour moi, c'était comme si c'était déjà fait, la vie continuait. J'aurais pu encore essayer de la voir, de la retrouver mais qu'est-ce que je pouvais encore vivre avec elle à ce moment-là ? Ce que j'avais à vivre avec ma mère, je l'avais déjà vécu. Et l'appeler chaque jour, ça devenait tellement oppressant, je préférais encore me ressourcer avant de l'accompagner en Suisse. J'avais hâte d'y être enfin. Hâte de ne plus me demander comment remplir le temps avant le moment T.

Je n'avais pas de temps à rattraper, ça n'aurait rien changé. Mes sœurs en avaient plus besoin que moi, elles y sont allées, chacun a fait comme il le sentait.

Le plus dur le matin, ça a été de laisser Luc et les enfants. L'impression qu'ils restaient sur le côté. Sur la touche. Maintenant que la voiture est en route, soulagement. De l'action, enfin, après ces interminables mois d'attente. L'épée est déjà tombée, depuis des mois, il n'y a plus qu'à. Jaja est en train de lire un guide sur Bâle, bientôt elle va nous annoncer qu'il y a une cathédrale à voir absolument et des vues imprenables sur je ne sais pas quoi. C'est l'artiste de la famille, elle a toujours essayé de transformer nos voyages en escapades culturelles. Remarque, je ne suis pas contre me faire un ou deux musées. Pourquoi ne pas découvrir Bâle aussi, profiter un peu du week-end ?

Théo

Après le déjeuner, on est remontés dans la voiture. Papa a dit, ça va, ça roule bien, on y sera à temps. Et puis au moment de démarrer, on s'est aperçus qu'il manquait Jaja. Qu'est-ce qu'elle foutait ? C'est rien, a dit Maman, elle va pas tarder. On a encore attendu cinq minutes, mais on savait tous que le timing était ultra-serré, le GPS annonçait une heure de route et le rendez-vous était dans une heure à peine. La tension montait. Et puis Maman a dit, ça fait combien de temps qu'elle n'a pas fait de crise, Jeanne ? Alors ça m'est revenu. Jeanne et son épilepsie. Elle était sous traitement depuis des années mais bon. On a tous bondi de la voiture en même temps.

Anna

J'avais pas osé en parler aux parents. Je voulais garder ça pour moi, je sais pas, je pensais que je pouvais me débrouiller toute seule. Au planning familial, ils m'ont dit que j'avais passé la date en France. Il fallait se rendre en Belgique ou en Hollande, il y avait l'Espagne aussi. Je suis repartie avec mon ventre de neuf semaines et une liste de cliniques à l'étranger. La première date possible était à La Haye, en Hollande. J'avais seize ans, c'était un copain de lycée. On avait beau parler tout le temps du sida à l'époque, on ne faisait pas vraiment le lien avec ce qu'on vivait. On n'avait pris aucune précaution. Je me cherche des excuses, bien sûr. Ma meilleure amie, Katia, était d'accord pour m'accompagner, on sècherait le lycée un jour ou deux. J'ai réuni les économies que je faisais depuis des années pour passer le permis, ça coûtait presque 6 000 francs, c'était énorme, plus les tickets de bus. Je ne voulais pas en parler à Maman ou à mes sœurs, je crois que je préférais garder ça pour moi. Je venais de faire l'amour pour la première fois et je n'avais pas envie que ça devienne une affaire d'État. On s'est retrouvées devant la gare ferroviaire, Katia et moi, dans un café. T'es prête, elle m'a dit ? tu peux toujours changer d'avis. Bien sûr que j'étais prête. À la clinique à La Haye, il y avait plein de filles comme moi, de toutes nationalités, on m'a endormie et au réveil, c'était fini. Katia m'avait acheté une peluche, un ourson qui ouvrait les bras et sur lequel était inscrit I LOVE YOU. Je l'ai toujours gardée. Le soir même, j'ai pu ressortir de la clinique et rentrer en France. Je n'arrêtais pas de saigner, le voyage du retour était interminable. On est toujours restées proches avec Katia. Par contre, le copain avec qui c'était arrivé, il ne s'est pas du tout senti concerné. C'était mon corps, c'était mon problème. Au lycée, après, on s'évitait.

Jeanne

J'ai fini ma clope, je suis allée aux toilettes. Je crois que j'avais avalé mon *fish and chips* de travers. Je me suis assise, je me suis dit, pose-toi là, deux minutes, mais y'avait une odeur de détergent, horrible. Et des inscriptions sur la porte des toilettes, des graffitis, des 06, des dessins de bite, enfin, j'ai lu, « Nique ta mère ». Les fourmillements dans les mains ont commencé, familiers, et même si ma dernière crise remontait à plus de dix ans, j'ai tout de suite compris. C'était pas possible que ça arrive là, maintenant. Je voulais crier mais j'y arrivais pas. Je voulais me lever mais j'y arrivais pas, et ces fourmillements qui remontaient vers l'épaule, je me suis dit, j'ai la même maladie que Maman, voilà, j'ai la même chose, mais trente ans plus tôt. Je vais crever ici, dans des chiottes du restoroute, avant elle. Je crois que je suis tombée. Black-out total.

Quand je suis revenue à moi, Théo tambourinait derrière la porte, j'ai mis un moment pour comprendre où j'étais. Entre la France et la Suisse. Ressaisis-toi, Jaja, tu ne vas pas craquer, pas maintenant. J'ai fini par me rhabiller et faire coulisser la serrure, Théo était blême. Je lui ai montré mon sac à main, pouvait-il m'attraper mes médicaments ? Il m'a fait avaler les comprimés avec de l'eau du robinet et m'a allongée sur une banquette, il prenait mon pouls, il avait des mots rassurants. Anna et Audrey étaient en train d'appeler le Samu, il leur a fait signe de raccrocher, ça allait, on allait les rejoindre. Dehors, j'ai pris plusieurs inspirations, et c'est là que Théo m'a dit, si tu le sens pas, je te ramène à Agen, on se casse et puis voilà. On n'est pas obligés, p'tite sœur, vraiment pas obligés.

Simon

J'ai pas supporté de voir ma cadette dans cet état. Pour la première fois, je me suis demandé si on avait bien fait d'emmener les enfants. C'était quand même leur faire porter une sacrée charge que j'aurais pu assumer seul. Mais c'était la volonté d'Édith, ça lui semblait important qu'on soit tous réunis. Jusqu'ici je m'étais plié à toutes ses décisions, mais une fois Édith partie, que ferais-je ? Est-ce que demain je ne regretterais pas ce voyage ?

On s'est tous mis à chialer, mais Jeanne a fini par dire, je veux continuer avec vous, je tiens à y être. Édith a dit entre deux sanglots, merci mes enfants, quelle chance j'ai de vous avoir là. Je crois que c'est elle qui m'a soutenu pour aller jusqu'à la voiture, c'était vraiment le monde à l'envers.

À partir de ce moment, j'ai enclenché le mode pilote automatique. J'avais une seule mission, amener tout le monde à bon port, mais ça signifie quoi, à bon port, quand tu sais comment tout ça va finir…

J'ai repris le volant. On traversait les vallées, les forêts du Jura et plus on avançait vers l'Est, plus la nature devenait dense, touffue, imposante. Les sapins austères encadraient la route comme une haie endeuillée et je regardais ma femme, à quoi pensait-elle ? Se disait-elle, c'est la dernière fois que je vois ce paysage, la dernière fois la forêt, les oiseaux, la dernière fois les nuages ?

Théo

On arrivait à la douane. On s'en est à peine rendu compte. Bâle est en bord de frontière avec la France et l'Allemagne. Tu es dans une zone urbaine française et hop, tu es en Suisse. Ce sont les mêmes paysages, les mêmes gens, sauf que là, t'as le droit de faire un truc interdit en France, c'est quand même fou.

Jaja m'avait fichu une drôle de trouille. Heureusement, je me suis rendu compte que ça n'avait rien d'une crise d'épilepsie, la tension était stable, c'était juste une méga, méga-crise d'angoisse. Jaja a toujours été celle qui cristallisait les tensions familiales, la plus fragile, la trop souvent malade, la petite sœur ! Rien d'étonnant à ce qu'elle craque un jour pareil…

Certes, je suis médecin, mais à ce moment-là, j'étais vraiment dépossédé de mes moyens. Il n'y avait plus de métier, plus de connaissance, plus de théorie. Juste le vécu à l'état brut. Même quand on est généraliste, il y a quand même des morts, de temps en temps. Souvent le discours, c'est, on se protège en mettant une distance affective avec les choses. Mais être médecin, c'est surtout apprendre à connaître le vivant. La mort entre dans la normalité du vivant au même titre que la vie. La mort, c'est la vie. Il faut l'accepter pour mieux vivre. Ce week-end-là a quelque chose de presque festif, on célèbre un moment de la vie. Les autres, ceux qui sont restés en France, les beaux-frères, les belles-sœurs, se sont réunis de leur côté. Même Franck, mon beau-frère, est revenu du Congo. Et moi je préférais que Marie ne reste pas seule à se morfondre avec les enfants. De temps en temps, on reçoit des SMS, mais pas d'appel. On a fait passer le message, juste des SMS si urgence. Marie m'envoie des photos des cousins réunis, c'est plutôt festif de leur côté. C'est assez drôle finalement, les pièces rapportées et les enfants dans une maison de campagne, et nous, roulant à toute allure dans notre camionnette, comme autrefois.

Jeanne

Papa avait aménagé un camion Ford, les banquettes étaient rabattables. Puis il y a eu une vannette Toyota et on prenait les tentes. On montait dans le camion et on faisait des bornes et des bornes, on roulait de nuit, il y avait des hamacs à l'arrière dans lesquels on dormait. Une fois, il a pris un nid-de-poule et on a tous volé, il s'est fait peur et il a revendu le van.

On a passé tellement de temps à voyager tous ensemble dans le même habitacle, et là, ça faisait juste vingt ans qu'on ne s'était pas retrouvés à six dans la même bagnole.

On est allés jusqu'en Norvège, on a fait l'Italie aussi où l'on s'est fait dépouiller le camping-car. On partait souvent à plusieurs familles et on se suivait.

En Écosse, on avait fait un jeu qui ressemblait au mini-golf, ils appelaient ça du *pitch and putt*, ça avait été une catastrophe, on en est ressortis avec des dents pétées, un mec a lancé une balle et ma sœur était en face bouche ouverte, la balle est arrivée dans ses dents de devant. Il pleuvait, ma mère est tombée et s'est cassé le coccyx. Ensuite mon père a dû essayer de me montrer comment tenir la canne, et on s'est mis à tournoyer tous les deux, la canne a atterri sur son front et il s'est ouvert l'arcade sourcilière. Un Écossais nous regardait ébahi, et il répétait, *what a bloody pitch and putt*.

Moi, je n'ai pas fait médecine comme tout le monde. Je voulais faire un bac L pour avoir un max d'arts plastiques et de philo, mes matières préférées. Mais les parents n'étaient pas d'accord, j'ai dû me résoudre à faire un bac S physique-chimie avec option arts plastiques, c'est déjà ça. Ensuite je voulais faire l'école Boule mais je n'ai pas été reçue, mon rêve, c'était de faire des décors de théâtre. J'ai présenté les Beaux-Arts de Grenoble et de Saint-Étienne aussi. De toute façon, c'était forcément une école publique, il était hors de question de me payer une école privée. Et donc ça a été les Beaux-Arts… Au milieu d'une famille de médecins, quand tu fais les Beaux-Arts, t'as pas le choix. C'est Jeff Koons ou rien du tout. Vivoter, c'est pas le genre de la famille. Mais moi, j'ai toujours été celle qui faisait toutes les conneries, à 4 ans, on m'appelait le petit monstre, à 8 ans, c'était l'artiste, et à 15 ans, la punk. Ma réputation de branque m'a suivie toute mon enfance, en plus je me cassais tout le temps quelque chose, j'avais des maladies pas possibles. Ma mère me voyait comme une petite chose fragile, je me suis adaptée et je suis devenue la petite punk fragile. Plus tard, adulte, j'ai appris à mettre tout ça à distance, mais j'ai tout de même été construite comme ça. À la fois, les parents étaient durs avec moi, à la fois, j'étais la mascotte. C'était une famille aux idées assez larges pour accueillir toutes nos différences. Et je dois dire que, différentes, on l'est, comme toutes les fratries, là, d'ailleurs, j'aurais plutôt tendance à dire comme toutes les sorories, vu que trois sœurs et un frère, c'est quand même lourdement féminin…

Simon

On est arrivés à l'hôtel juste à temps pour le rendez-vous. Édith devait voir un premier médecin et un membre de l'association avec qui on était en contact. Le médecin, c'est surtout pour s'assurer que c'est un vrai souhait. Que la personne a toutes ses facultés cognitives, qu'elle est en pleine possession de ses moyens, sinon, la procédure est annulée. Un second rendez-vous, le lendemain, est prévu avec un autre médecin, c'est pour ça qu'il faut arriver trois jours avant en Suisse. En tout, ce sont cinq personnes différentes qu'edith a rencontrées ce même week-end, et qui lui ont toutes posé la même question, êtes-vous certaine de vouloir mourir ? Ensuite, on est montés dans la chambre se reposer, Édith était exténuée.

Sa maladie est apparue après une période où elle a été très contrariée, pendant très, très longtemps. On dit que le psychisme influe sur les maladies. Mais si ça se trouve, c'est moi, son mari, qui suis tout aussi responsable que ses frères et sœurs… Des fois, dans un couple, les deux ont un cancer en même temps, on peut alors imaginer qu'il y a un facteur commun, mais lequel ? Je ne pense pas qu'on puisse accuser qui que ce soit, mais ses sœurs, ses frères, qu'ils l'aient fait souffrir, ça oui, on peut le dire. Sauf Gérald, son petit frère, qui était mort trois ans avant. Elle l'avait toujours protégé des plus grands. C'était un charmeur, quelqu'un qui était très beau étant jeune, puis qui a fait une dépression énorme et une rupture d'anévrisme. Ça, la rupture d'anévrisme, c'est typiquement une maladie du stress…

C'était bien sûr de la jalousie, comme dans beaucoup de familles. Elle était la préférée de son père, celle qui avait eu son bac, qui était devenue infirmière, puis, comme si ça ne lui suffisait pas, avait épousé un médecin, était devenue avocate, alors forcément, pour les autres qui étaient restés à la ferme… il fallait voir comment ses sœurs l'appelaient, « l'avocaaate »…

Bien avant la mort de son père, ils ont essayé d'anticiper la succession, de faire modifier les testaments, de lui prendre sa part. Je me souviens d'une histoire de manteau vert, ses sœurs hurlaient, on ne l'a pas eu, nous, le manteau vert, on ne l'a pas eu ! À plus de soixante ans, toujours les mêmes rancœurs... Enfin tout ça a fini par exploser à la mort du grand-père, beaucoup de bruit pour pas grand-chose à la fin, dix ou vingt mille euros, tu parles...

Audrey

Le samedi, on avait un premier rendez-vous à l'hôtel. Un type de l'association qui venait nous voir, nous, les enfants. On a eu chacun un moment avec lui, il m'a demandé, pourquoi vous avez décidé de venir accompagner votre maman ? Qu'est-ce que tu voulais que je réponde ? Parce qu'elle me l'a demandé, tiens ! On avait le choix bien sûr, mais tu te vois ne pas y aller ? Tu ne peux pas dire non. Tu y vas, mais c'est un faux choix, car en fait, tu ne sais pas où tu vas, ni dans quoi tu mets les pieds…

En partant il m'a dit, bon courage ! Je me disais, mais pourquoi il me sort ça, lui…

On ne pouvait pas refuser ça à Maman, on ne peut pas refuser à quelqu'un d'être libre. C'est la seule raison pour laquelle on y est allés, le reste, c'est du verbiage.

Jeanne

On nous a demandé si on avait encore des questions. J'ai eu envie de savoir s'il y avait des personnes qui renonçaient, si près du but. Si ça arrivait, après une dernière nuit de réflexion, de rebrousser chemin. On nous a dit que c'était arrivé une seule fois. Un homme qui s'était réveillé le matin même et avait contemplé le visage de sa femme sur l'oreiller. Il s'était dit, je ne peux pas renoncer à voir ce visage, et ils étaient rentrés chez eux.

Après, on avait quartier libre. Je n'avais qu'une envie, me retrouver seule. J'ai demandé ma chambre mais ça prenait un temps fou, le type à la réception nous saoulait en nous répétant que c'était à cause de l'événement, quel événement, qu'y avait-il donc de plus important ce week-end à Bâle que notre mère qui allait mourir ? Bref, quand j'ai enfin eu ma chambre, je suis tombée les bras en croix sur mon king size, je crois que j'ai dormi presque vingt heures. Quand je me suis réveillée, c'était dimanche. J'ai ouvert les rideaux. C'était un bel hôtel, au bord du Rhin. De ma fenêtre, j'avais une vue sur tout Bâle, un grand quadrillage géométrique, avec des bâtiments insensés, deux pyramides jumelles qui dominaient la ville, comme deux immenses escaliers qui montaient vers le ciel. J'ai rejoint les autres au petit déj, j'ai dit je vais me faire un musée, ça intéresse quelqu'un ? Maman a dit, oui, moi.

Simon

À 15 ans, Édith a eu une scoliose tellement importante qu'elle est allée passer neuf mois dans un centre de soins à Lyon. Elle a dû porter un corset qui a évité à la scoliose de s'aggraver. Elle n'a pas été opérée, mais elle savait ce que c'était que souffrir dans son corps et être loin de sa famille. Quand elle est retournée à l'école, elle est partie dans un pensionnat de jeunes filles à Nevers. Chez les sœurs. Elle partageait sa chambre avec une autre fille, avec qui elle s'entendait bien. Une Céline je crois. Et puis à la fin de l'année, il y a eu une remise de médailles à l'école. On récompensait cette voisine pour avoir aidé une handicapée tout au long de l'année.

Lors de la cérémonie, Édith a fini par comprendre que l'handicapée en question, c'était elle. On récompensait sa voisine juste pour avoir partagé sa chambre. Elle a interrompu la remise de prix, s'est mise à insulter tout le monde. Elle était déchaînée. Elle s'est fait virer huit jours, avec obligation de présenter des excuses pour pouvoir être réintégrée. Elle en a parlé à son père et au bout de huit jours, il l'a raccompagnée au pensionnat. Tu es venue pour t'excuser ? a demandé la mère supérieure. Pas du tout, c'est vous qui allez vous excuser, lui a répondu Édith. Elle était soutenue par son père et ça la rendait très fière, il lui avait dit, bravo ma fille, fais-toi respecter. Elle était humiliée au dernier degré par cette fille, qui acceptait de se faire récompenser pour quoi ? Pour avoir cohabité avec elle… Ce système de médailles et de récompenses, c'était bien ça, les cathos, tout ce qu'elle détestait. C'est là-bas qu'elle a appris à assumer sa liberté. C'est ce qu'elle a fait quand elle a décidé de mourir, elle a assumé sa liberté. Ce n'était pas un acte à la sauvette d'aller en Suisse, non, ce n'était pas un acte de désespoir, c'était le choix d'une femme forte.

Audrey

J'ai toujours été la grande gueule de la famille. Le caillou dans la chaussure. Celle qui donne le nord. L'aînée. Moi je dis, donc je blesse. Si tu veux être honnête, tu dois dire certaines choses et quand, en face, les gens le prennent pour une agression, c'est là que ça coince. Souvent, les gens se sentent agressés par ce que je dis. Sauf ceux qui sont bien dans leurs baskets, alors ceux-là, ils comprennent, ils ne se sentent pas mis en danger. Moi, je suis plutôt comme ça, je préfère quelqu'un de vrai. Par exemple cette copine quelques jours avant le départ de Maman qui me dit elle doit avoir une névrose d'angoisse bien frappée, ta mère, pour vouloir tout maîtriser à ce point, même sa mort. Non, elle n'a pas dit bien frappée, elle a dit une réelle névrose d'angoisse, c'est ça. J'aurais pu lui en vouloir à mort, à cette amie, de me parler sur ce ton, surtout à ce moment-là, mais je l'ai plutôt bien pris, je me suis dit, c'est intéressant comme point de vue. Si t'es bien dans ta peau, tu le prends bien ce genre de remarque. Sinon, tu vas te dire, elle est méchante, qu'est-ce qu'elle a à traîter ma mère de névrosée, et tu vas avoir envie à ton tour de lui faire mal. Moi, je ne dis jamais les choses pour faire mal mais parce que je les trouve vraies. Sauf que souvent, j'oublie qu'en face, les gens ont peut-être leurs soucis, et qu'ils n'ont pas envie d'entendre la vérité. C'est mon plus gros défaut je crois, être cash, il faut que je fasse avec.

Moi, je suis obstétricienne, pas garde-malade. Je ne suis pas quelqu'un qui encourage à supporter la souffrance. Je suis une passeuse, j'aide les gens à passer des caps. L'accouchement, c'est un des moments les plus aigus de la vie, les plus dangereux. J'aide juste les femmes à passer ce cap-là. C'est ça, les urgences obstétricales. Si on m'appelle, c'est que ça va mal. Si tout se passe bien, c'est la sage-femme qui gère. Moi, on m'appelle toujours quand ça devient dangereux. Je suis là pour la mère et son enfant, je sais où est le précipice, je sais où est l'ornière. Une fois qu'ils l'ont passé, je les laisse, je disparais.

Simon

Je me souviens d'Édith devant le berceau d'Audrey, elle avait huit jours, on était tous les deux devant notre poussin, Édith avait eu cette phase, n'oublions pas que nous avons fait une liberté.

Quand on s'est installés ensemble, Édith jouait à la parfaite ménagère. Un dimanche, on était à table, le poulet cuisait dans le four et à un moment, elle se lève pour aller le chercher. Je la retiens, je peux très bien y aller Édith. Et elle, non non, c'est mon rôle. C'était comme ça, dans sa famille, ses frères ne se levaient jamais de table, elle a commencé à prendre conscience qu'elle avait été élevée dans une famille où les filles faisaient tout. Après le repas, les hommes fumaient leurs cigarettes en buvant le café que les filles leur apportaient. Chez moi, les garçons comme les filles, on se partageait les tâches domestiques. Moi, par exemple, j'étais responsable du balayage, mes sœurs, c'étaient les poussières, mettre la table et mes frères, essuyer la vaisselle. Toute mon enfance, on m'appelait le roi du balai et j'en étais très fier… Avec Édith, il a fallu trouver des solutions, on a fait des tableaux, on s'est organisés, toi c'est les courses, moi c'est la lessive, et le ménage, on le faisait ensemble, le samedi. Je lui ai appris ce que mes parents m'avaient transmis, une certaine égalité dans le couple, et elle, elle m'a appris à respecter sa liberté. Je venais d'une famille très intrusive, mon père ouvrait tous nos courriers, ma mère intervenait dans la moindre de nos affaires. Ça n'empêchait pas que ce soit des gens bien, que les enfants soient valorisés, et aimés, et ça, chez Édith, c'était pareil.

Elle venait de la petite bourgeoisie du Berry. Les parents poussaient les enfants à faire les études qu'ils n'avaient pas pu faire. Ils avaient 20 ans au moment de la guerre, ils s'étaient arrêtés pendant quatre ans, difficile de reprendre une scolarité après ça. Edith venait d'une famille où c'était les garçons, pas les filles, qui devaient étudier. Sauf qu'aucun des fils n'a voulu en faire, alors que les filles, qui étaient brillantes, hors de question de payer pour elles… Édith était très bonne à l'école, c'est comme ça qu'elle est rentrée à l'école d'infirmières. Elle a exercé pendant neuf mois, puis elle s'est occupée des enfants pendant dix ans. Ensuite elle a voulu retravailler, elle a fait deux ou trois remplacements d'infirmière, puis on lui a proposé un temps plein dans une maison de retraite avec une nuit sur deux de garde, et pareil, un week-end sur deux. Elle a décidé de changer du tout au tout, elle est entrée en droit à Saint-Étienne, ça lui permettait d'avoir les vacances scolaires avec ses enfants. Ils voyaient leur mère travailler, ils faisaient pareil. Pas de télé, pour eux, c'était normal de réviser, d'étudier.

Au début, Édith était très impressionnée par le monde des avocats, puis rapidement, ça l'a énervée. Elle n'a jamais aimé l'attitude de ceux qui pensent être les grands de ce monde. Elle disait, ce qui fait vivre les avocats, ce sont les divorces, les affaires familiales, pas de quoi pavaner… Un jour, on a été invités chez le président de l'ordre des avocats, très estimé à Montbrison. On va dîner chez lui, il y avait une immense table, tout le monde donnait du mon cher confrère, et papati et patata… Moi, j'étais médecin de campagne, je n'attirais pas beaucoup les conversations. Ça parlait surtout appartements, vacances et grosses voitures. Ils discutaient d'un acteur qui venait d'acheter une propriété dans la région, et enfin, je ne sais pas comment, la conversation s'arrête sur moi. Je leur dis, je l'ai entendu à la radio tout à l'heure, vous savez que c'est le jour de la grande pauvreté ?

Il y a eu un silence autour de la table. Tous ces dominants qui se repaissaient de leur fric… Ils ne nous ont jamais réinvités.

Jeanne

On a pris un tramway et on a traversé la ville vers le nord, la fondation Beyeler était en proche banlieue. Dans le tram, tout le monde parlait allemand évidemment, et Maman m'a dit, t'as des souvenirs de tes cours d'allemand ? Je n'en avais aucun, c'est fou, elle m'a dit mais pourtant t'en as fait au moins trois ans au collège. J'ai dit Kartoffel, voilà, je me souviens de Kartoffel ! Et ça veut dire quoi, elle m'a demandé. Patate, je crois. On s'est pris un fou rire, patate toi-même elle m'a répondu. On sortait du béton de la ville, on arrivait dans une campagne magnifique. Le musée était tout en verre et briques, dessiné par Renzo Piano. On a laissé nos sacs et vêtements au vestiaire, on a déambulé dans la collection permanente. La première salle s'ouvrait sur des sculptures de Giacometti et une immense toile de Monet, une déclinaison des Nymphéas. Maman s'est assise sur le canapé, face au bleu de cobalt, aux verts, aux ocres… Moi, je m'attendais à tout sauf à tomber nez à nez avec *L'Homme qui marche*. J'avais dessiné tellement de fois cette sculpture quand j'étais étudiante, j'avais même fait des installations de fil de fer barbelé aux Beaux-Arts qui s'en inspiraient. J'ai eu envie de redessiner cette œuvre, de face, de côté, cette légère tension du buste vers l'avant, cette présence fragile et forte, cet homme en mouvement, malgré les camps, malgré la guerre, malgré tout… J'avais envie de retrouver mes fusains, comme au temps des Beaux-Arts, ça me démangeait le poignet, pourquoi j'avais rien fichu depuis des années ? À la sortie des Beaux-Arts, il avait fallu chercher un vrai travail, et comme je n'avais rien trouvé, je m'étais inscrite en école d'archi, trois ans plus tard, j'avais intégré un cabinet d'urbanisme…

Maman m'a tapoté le bras :

— Ça t'inspire ?

— Ça me donne envie de dessiner !

— Tu étais tellement douée !

— Tu ne m'as jamais dit ça…

— Souviens-toi, je conservais tous tes dessins !

C'est vrai, elle faisait ça quand j'étais petite. Elle les affichait même sur les murs du salon, de la cuisine, jusqu'à la porte du frigo qu'elle recouvrait de mes dessins d'enfant. Mais quand j'avais parlé de faire les Beaux-Arts, mes parents aveint freiné des quatre fers… Pourquoi ne pas faire médecine, comme les autres ? Je ne me posais même pas la question. Je n'avais pas envie de bosser comme une tarée, je voulais peindre, créer, toucher la matière, m'amuser… je n'étais pas du tout dans le soin, c'était plutôt moi qu'il fallait qu'on soigne, Miss Catastrophe, Miss Disaster, le petit monstre, comme ils se sont mis à m'appeler à l'adolescence… Mon propre corps me pesait, m'embarrassait, ces crises d'épilepsie qui sont apparues ensuite… Ils m'ont finalement laissée faire ce que je voulais…

— Promets-moi que tu vas t'y remettre !

— D'accord !

— Tu devrais bien trouver des cours du soir à Agen…

Elle me souriait, elle était encore là, vivante, vibrante, c'était fou, je pouvais la toucher, sentir son souffle, sa chaleur…

Le musée conservait une impressionnante collection de Picasso, de Paul Klee, de Van Gogh… Maman s'est arrêtée devant un portrait cubiste, une *Femme au fauteuil* éclatant de toutes parts, une oreille par ci, un genou par là. Une toile de Paul Klee montrait des corps tout aussi déstructurés, démantelés, d'un côté les seins, de l'autre les jambes, les fesses, la bouche… Je me suis approchée du cartel, *Sorcières de la forêt.* Je me sentais à l'image de cette œuvre, disloquée de toutes parts, et pourtant en vie, en mouvement, comme ma mère l'était encore, ce dimanche matin. Le monde qui semblait se refermer sur nous depuis des mois s'ouvrait enfin. Le monde que je croyais perdu à tout jamais me revenait grâce à l'art, aux traits, aux couleurs.

Théo

Le midi, on devait tous se retrouver dans un resto de Flammekueches, près de la cathédrale. Dans la vieille ville, il y avait des stands de saucisses, de bières, ça sentait la fête locale. À l'horizon, les reliefs des Vosges et les abords de la Forêt-Noire qui, mixés à l'étrangeté de la langue, nous donnaient l'impression d'être loin de la France, alors que la frontière n'était qu'à quelques centaines de mètres. On a pris un pont, longé les bords du Rhin comme nous longions les bords du Rhône en famille, autrefois.

Plus l'après-midi avançait, plus il y avait de monde, les gens se regroupaient, semblaient converger vers on ne savait quel point de ralliement, certains faisaient claquer leurs sabots de bois sur les pavés, c'était quoi ce folklore ? À l'hôtel déjà, le réceptionniste nous avait dit que tout était complet, à cause de l'événement. Nous n'avions même pas cherché à comprendre, nous étions tellement tendus vers notre propre projet qu'il nous était impossible d'en imaginer un autre.

Quand on a vu débouler un clown tueur, suivi d'un haltérophile de cirque en slip léopard, on a enfin capté. C'était dingue, on arrivait en plein carnaval.

On a entendu les roulements d'une grosse caisse, les premiers rythmes d'une fanfare. On a tous eu un mouvement de recul, on s'échappe ? Et puis un touriste nous a expliqué, ce carnaval était le plus réputé de toute la Suisse, les gens arrivaient de l'Europe entière pour suivre la marche d'ouverture, le Morgenstreich, qui débutait à quatre heures du matin. Cette nuit, insistait-il, toute la ville restait éveillée pour suivre le défilé nocturne des lanternes, on ne devait rater ça à aucun prix !

Vraiment ? Même si on avait rendez-vous à neuf heures tapantes avec la mort ? Mais ce n'était peut-être pas une si mauvaise idée, dans le fond, passer ses dernières heures sur terre à danser dans la rue. On a quitté le centre-ville en se trémoussant au rythme de la fanfare.

Anna

C'est un soleil rasant. Un soleil frais de presque printemps.

C'est nous, c'est notre famille, c'est hors du temps.

La dernière fois que Léon a vu Édith, ils ont joué ensemble. Elle leur a lu des livres, à lui et à sa sœur. Annie, du haut de ses 2 ans, avait compris, elle disait, Madith, elle va mourir. De temps en temps, Édith quittait brusquement le salon, elle avait besoin de s'isoler quelques minutes tant les douleurs devenaient insupportables. Au moment de partir, elle les a pris dans ses bras, elle a ri. Puis elle est retournée s'allonger et papa nous a raccompagnés dans le couloir. On avait appelé l'ascenseur quand, brusquement, Léon a fait demi-tour. Il s'est mis à courir comme un dingue à travers l'appartement vers la chambre de sa grand-mère et a tambouriné contre sa porte, Madith, Madith ! Elle a fini par lui ouvrir et il s'est jeté dans ses bras. Ils ont fait un dernier câlin puis il a enfin accepté de me suivre.

Jeanne

Au déjeuner, on en parlait en riant. On ne pourra pas rapatrier le corps, ce sera trop compliqué. Il y a toujours une autopsie si la mort n'est pas naturelle. Elle, elle aurait préféré être enterrée dans son village, au milieu de tous ceux à qui elle n'avait pas eu le temps de dire au revoir. Papa parlait de disperser ses cendres directement en Suisse, elle hurlait, tu veux me tuer une deuxième fois ? C'est pas grave, j'ai dit, au moins on économise sur l'enterrement, la concession et tout le tintouin…

En 2015, j'avais fait un burn-out total, j'avais lâché mon métier d'urbaniste. J'avais besoin d'un job qui ait plus de sens, j'étais devenue accompagnatrice pour le tri, le compost, les toilettes sèches… Est-ce que je mets ma peau de banane à la poubelle ou dans un compost ? Mais au fait, d'où elle vient, ma banane ?… ça m'amenait à parler de transport, d'environnement… Notre génération et la précédente, en trente ans, on a tout cramé, on a fait *tabula rasa*. Nos gamins, s'ils arrivent à se maintenir sur terre, n'auront jamais plus la qualité de vie qu'ont eue nos aînés. On a préparé l'extinction de l'espèce humaine, rien que ça. À la dernière COP 21, tu vois des gens qui t'expliquent que le point culminant de leur île est à un centimètre au-dessus du niveau de la mer. Ces gens-là n'existent déjà plus, les poissons ont migré et soixante-dix pour cent des insectes ont disparu. On est entrés dans l'Anthropocène en 2018, c'est désormais l'homme qui impacte et influe sur l'évolution de la planète, y compris au niveau géologique. Évidemment la plupart d'entre nous sont dans le déni, car l'effondrement, c'est juste impensable. On a réussi en deux cents ans à faire une bascule géologique, on n'arrive pas à comprendre, si ce n'est qu'on va tous crever à court terme. Et pendant ce temps, on continue à consommer comme si de rien n'était. Je pense souvent aux dernières guerres, aux Justes, et je me dis, il n'y avait pas les blancs d'un côté, les noirs de l'autre, tout le monde était gris, et moi j'en suis à me demander, à la prochaine guerre, quel choix je ferai ? Ça ne peut pas se décider à l'avance. Est-ce que je mangerai ou est-ce que je laisserai manger mon voisin ?

C'est pour ça que je fais du compost, du tri… à mon échelle, ça a du sens… Pour survivre je crois qu'on aura besoin les uns des autres. L'autarcie, le chacun chez soi, on en crèverait tous… Pourquoi j'ai mis trois gamins dans ce monde-là ? Je leur ai vraiment fait un sale cadeau… La seule chose que je puisse faire, c'est participer à repousser l'effondrement. Ça va aller vite, très vite. Certains le prédisent entre maintenant et vingt ans à peine. Si on prend les courbes de la malnutrition, du climat, de la finance… elles sont toutes en mode exponentiel, toutes les courbes s'affolent… les indicateurs de vie sur terre sont au rouge… Il y a une accélération, toutes les bulles sont interdépendantes, ça peut venir de n'importe où, un attentat, un Poutine, un *malware*, une méga-tempête, un blocus des raffineries… quand le pétrole ne circulera plus, il y aura des émeutes de la faim. Il faut cesser d'être dans le déni et prendre la mesure de tout ça. Les prochaines guerres seront des guerres de l'eau. Les migrants qui arrivent aujourd'hui en Europe sont les premiers réfugiés climatiques…

Anna

Ce qui était fou, c'était qu'il y avait une parole tout à fait libre par rapport à ce qui allait se passer. La mort venait s'inscrire dans nos vies, comme quelque chose de très naturel, on a même parlé de l'après, du retour. Et de l'enterrement à venir. Comment faire rapatrier les cendres en France ? Quelqu'un a dit, la solution c'est de faire renvoyer les cendres par la poste. Bah oui, a dit Édith, faites-moi un petit Colissimo. On a beaucoup ri. Normalement les gens ne parlent pas de la mort, on ne parle jamais de ça, ni en famille, ni même avec les médecins. La mère de Luc avait eu un cancer généralisé quelques années plus tôt, elle avait déjà quatre-vingts ans. Le médecin lui a proposé une chimio, alors qu'elle était clairement condamnée. Ça lui a permis de gagner quoi, un mois, deux mois… Avec la fatigue de la chimio, la perte des cheveux… à aucun moment le médecin ne lui a dit en face, Madame, vous allez mourir, il vous reste peut-être deux ou trois mois à vivre, nous allons vous accompagner. Un médecin ne te dira jamais ça, sauf en soins palliatifs. Alors là, oui, ils sont formés, c'est différent. Même avec la loi Leonetti, qui permet à un médecin d'arrêter les soins curatifs, ils continuent quand même de lutter, jusqu'à la fin. Les gens meurent sans savoir qu'ils meurent, sans jamais être préparés, parce que le mot n'est même jamais prononcé. La mère de Luc, je me souviens, son entourage s'affolait. Elle maigrit, elle maigrit. Mais oui, c'est normal, je disais à Luc, elle est mourante. Et la plupart du temps, les malades sont capables de l'entendre, ils posent des questions, Docteur, il me reste combien de temps, mais les médecins détournent le regard, ne vous en faites pas, on va faire quelque chose, on va agir, on va soigner… Ils insistent, mais Docteur, ça me sert à quoi à ce stade, une chimio ? Ils balaient le truc, ils l'éludent, ça n'existe pas… Il faut un caractère bien trempé pour faire ce que fait ma mère, nous éviter tous ces mois à l'hôpital, à la voir dépérir… Elle nous rend un fier service, tout de même…

Les sociétés moins riches ont un rapport bien différent à la mort. À Madagascar par exemple, il y a cette tradition du retournement des morts, ils les sortent de terre régulièrement, ils les fêtent… Ça n'a rien de funèbre, au contraire, ils dansent, boivent de l'alcool, c'est vraiment une façon de lier la vie et la mort, alors qu'ici, c'est le contraire, on cache nos morts, on en a peur, et ça nous rend malades…

Audrey

Le dimanche après-midi, on est allés visiter la serre du Jardin botanique de Bâle. Il y avait d'énormes bouquets de fleurs tropicales, comme j'en avais plein la maison quand j'étais au Congo, mes préférées, c'étaient les oiseaux de paradis... On a reparlé du Congo avec Maman, c'est là qu'elle m'a dit, trouve-toi quelqu'un de bien ma fille, c'était mon dernier tête-à-tête avec elle. Tout le monde pensait que je rentrais en France à cause de Frank et de ses infidélités... Quand j'avais accepté de le suivre là-bas, dix ans plus tôt, c'était un vrai projet de couple. Je m'étais dit, je donne dix ans de ma vie, j'ouvre un cabinet d'obstétrique. Il m'avait assuré qu'ensuite, on rentrerait en France pour les études des enfants. En arrivant, je me suis battue pour pratiquer ma médecine le mieux possible avec des moyens bien inférieurs à ceux qu'on a ici... Les patientes n'avaient pas de sécu, elles payaient elles-mêmes leurs soins et, à chaque fois que je prescrivais un médicament, je réfléchissais au coût, si elles pouvaient se le permettre ou pas… Il n'était pas question de gaspiller leur peu d'argent… J'ai réussi à monter un cabinet de gynécologie tant bien que mal dans un environnement congolais où on ne voulait pas de moi, où on m'assurait que je ne pouvais pas exercer parce que j'étais étrangère, femme de surcroît, que mes diplômes n'étaient pas reconnus là-bas alors que la plupart des médecins avaient fait leurs études en France… Un quart de mes patientes étaient séropositives, mon combat, c'était que les bébés puissent arriver sur terre sans le virus. Je harcelais Médecins sans frontières pour avoir de la trithérapie.

Et bien sûr, l'avortement était interdit dans tous les pays africains. C'était interdit mais je le faisais quand même. Ce que je faisais tous les jours, c'était rendre leur dignité aux femmes.

On avait monté un collectif de diagnostic anténatal, on s'était organisés pour proposer un travail de qualité, c'est-à-dire que quand on voyait un bébé malformé, on demandait toujours l'avis à un autre collègue avant de dire au patient, voilà il est malformé et il pourra vivre, ou pas… On était toujours au moins quatre yeux à se pencher sur le dossier, on avait organisé ça avec des gens qui acceptaient de travailler bénévolement, dans un pays où il n'y avait pas toutes ces structures-là. Un jour, je reçois un coup de fil d'une de mes collègues qui me dit qu'elle s'inquiète pour un bébé, il y a peut-être une malformation digestive, est-ce que je veux bien regarder ? Comme ça rentre dans le cadre de la collaboration qu'on avait mise en place depuis déjà quatre-cinq ans, je ne vois pas le pot-aux-roses et je dis d'accord. Je reçois une dame qui arrive en haillons alors que les miennes, mes patientes, elles arrivent toujours pomponnées même si elles habitent les bidonvilles, elles viennent voir le docteur avec des habits propres… Je questionne cette femme, de quand date la grossesse, quel âge a le papa, est-ce qu'il y a des antécédents de trisomie 21 dans la famille… et à chaque fois elle me répond, mais je sais pas, je sais pas, il faut demander au docteur… Je finis par appeler le médecin qui m'envoie cette patiente, il n'est pas sur place mais je connais bien sa secrétaire, que j'avais opérée d'un fibrome, elle ne voit pas le pot-aux-roses elle non plus, elle arrive avec le dossier et me dit voilà, cette dame a été donneuse d'ovocytes deux fois et maintenant, grosse promotion sociale, elle est mère porteuse. C'est un couple qui est en Allemagne, qui a fait sa fécondation *in vitro* au Congo, réimplantée sur un utérus congolais.

Je comprends que cette femme en face de moi loue son utérus pour neuf mois en risquant sa vie dans un pays où le taux de mortalité est mille fois supérieur à la France. Mère porteuse *low-cost*.

Je fais l'échographie, je mets une sonde et je trouve un bébé qui a tous les signes d'une malformation majeure, je lui dis, Madame cet enfant est très très mal formé et risque de ne pas pouvoir survivre à la naissance, ni vous-même et elle me dit mais Docteur, il a deux bras deux jambes, ça va aller, non ? Je lui réponds est-ce que vous, sans estomac, vous arriveriez à vivre ? Et là, elle panique, vous croyez que je vais toucher l'argent quand même ?

Le lundi, le directeur du centre de FIV m'appelle, Audrey, on fait comment maintenant que tu es au courant ? Ça fait dix ans que t'es au Congo, t'es avec nous ou t'es pas avec nous ? Si t'es avec nous, il faut pratiquer l'IVG d'urgence pour cette femme. Si j'avais accepté, j'étais pieds et mains liés dans un business de trafics d'êtres humains, je vendais mon âme. Ce que je voyais surtout, c'était la mise en danger de cette femme, à cause d'une fécondation *in vitro* faite dans des conditions pourries, au Congo, avec un taux de malformation énorme, tout sentait mauvais dans ce dossier. C'était une opération à haut risque, avec transfusion non sécurisée, car là-bas, une poche de sang sur deux sortait du centre de transfusion contaminée au HIV… J'ai décidé de ne pas opérer cette femme, de ne pas faire le compte rendu, de n'en parler à personne.

Peu de temps après, les emmerdes ont commencé. Des menaces, des lettres, des contrôles fiscaux incessants, des tags insultants sur mon cabinet… J'ai compris que ma tête était mise à prix : ou j'acceptais de me mouiller dans ce trafic, ou je dégageais. Je n'étais pas sûre que, du jour au lendemain, on ne vienne pas me casser la gueule dans ma maison, me violer devant mes enfants, les menaces s'intensifiaient, et au bout de quelques mois, je suis partie. Frank minimisait les faits en disant que j'étais paranoïaque, ça a été le début de notre séparation, j'étais pas prête à vendre mon âme et à rentrer dans ce petit trafic-là, c'était trop dangereux, c'était ignoble…

Simon

Les dernières semaines ont été éprouvantes pour Édith. Elle voulait dire au revoir à tout le monde, les gens passaient à l'appartement, et c'était à chaque fois de gros déchirements. Pour elle, c'était épuisant de les recevoir, de les serrer dans ses bras. À un moment, elle ne pouvait plus, c'était trop dur. On restait tous les deux, elle se reposait beaucoup. J'allais acheter des huîtres, des fruits de mer, ce qu'elle aimait. Huit jours de suite, on s'est fait des repas d'adieu au champagne. On était tellement proches l'un de l'autre à ce moment-là, et en même temps, on savait que ça allait prendre fin. On était en fusion. Il n'y avait plus de dispute, plus de tension, on n'avait surtout pas envie d'abîmer ces moments-là, on laissait filer. Elle me répétait, moi, je m'en fiche de mourir, ce qui m'embête, c'est de te laisser toi, et de laisser mes petits-enfants.

Elle commençait à faire des mouvements brusques avec ses mains, son angoisse, c'était de perdre la tête, c'était la démence. L'association l'a rappelée, ils ont avancé la date d'un mois. On savait que si on laissait passer trop de temps, elle risquait de se retrouver dans un lit d'hôpital, avec un médecin qui déciderait de tout à sa place. Son état se dégradait de plus en plus vite. La semaine suivante, la parole commençait à ralentir, sa main droite, à se paralyser. Si ça continuait comme ça, elle ne pourrait bientôt plus faire le geste pour l'injection létale, ni pour parler face à la caméra…

Bien sûr, j'aurais préféré la garder près de moi jusqu'à la fin. Bien sûr, ça allait contre nos souhaits à tous… mais pour moi, il n'a jamais été question de m'opposer à cet acte. Je suis très heureux de l'avoir accompagnée jusque-là. On a eu quarante-cinq, presque quarante-six ans de mariage tout de même.

Anna

Je ne sais pas pourquoi j'ai fait médecine, moi, je voulais être juge. Enfin, si, je sais pourquoi, Maman me disait, le droit, c'est pas marrant, et puis tu n'es pas une littéraire. C'est vrai que je lisais très peu, alors je me suis rabattue sur médecine. J'avais des facilités. J'ai tout de suite eu ma première année et ensuite, je me suis dit, c'est pas vrai, qu'est-ce que je fous là ? Mais j'ai vite compris que c'était un métier idéal pour approcher les gens dans leur intimité, dans leur plus grande vulnérabilité, dans leur corps.

Le 31 décembre 1999, je faisais encore du palliatif, j'étais de garde dans une maison de retraite en face de la prison Saint-Paul, à Marseille. Y'avait des familles qui s'installaient et qui criaient sous leurs fenêtres. Je me disais, mais comment c'est derrière ces barreaux, qu'est-ce que j'aimerais voir ce qui s'y passe. J'ai fini mes études à Marseille et j'ai fait un premier stage aux Baumettes, puis un autre dans une unité de soins palliatifs pour les gens qui avaient le VIH. C'était plein de militants. Il y avait aussi une partie cancérologie pour de très jeunes patients. Il n'y avait pas de barrière entre les soignants et les patients, on ne portait pas de blouse, on se tutoyait, mais du coup c'était hyper dur quand quelqu'un partait. Moi, j'allais de plus en plus mal, et j'ai fini par voir un psy qui m'a dit, mais pourquoi vous faites tout ça ?

J'ai arrêté les soins palliatifs, mais j'ai gardé la prison, parce qu'en prison, il y a la vie. Et puis ça rejoignait le droit, j'étais très militante. J'ai passé un DEA de socio sur les étrangers sans-papiers en prison. J'ai repris aux Baumettes, dans un centre de rétention où les étrangers attendaient avant d'être expulsés.

Jeanne

Elle a d'abord été infirmière mais après nous avoir élevés tous les quatre, elle n'avait plus envie d'exercer. Elle a repris des études de droit pendant nos années collège, elle est retournée sur les bancs de la fac. Elle avait des copains de quinze ans de moins qu'elle, elle passait ses soirées à réviser… Ça a donné le ton de nos années collège, il fallait vraiment qu'on bosse nous aussi…

La dernière année, c'était son stage. Elle l'a fait chez le président de la Ligue des droits de l'homme. Elle était très absente de la maison, c'était moi qui faisais la cuisine pour six, ça ne me dérangeait pas. Au contraire, ça nous tirait vers le haut de voir notre mère passer des examens, travailler dur… Elle a ensuite bossé pour un cabinet, plus petit, plus humain, elle s'occupait surtout des divorces, elle ne prenait que les femmes battues… Elle était toujours prête à plaider bénévolement. Elle a fini par reprendre le cabinet car son patron partait en retraite. Il lui disait, c'est simple Édith, pour chaque mission que vous avez, vous recevez la personne, et vous lui dites que vous lui donnerez votre prix plus tard, surtout Édith, n'envoyez rien tout de suite ! Une fois que la personne est repartie, vous calculez vos honoraires, vous les notez sur une feuille. Vous préparez votre courrier et vous laissez passer une nuit minimum. Le lendemain, vous ouvrez l'enveloppe, vous ajoutez juste un zéro à vos honoraires et vous les envoyez immédiatement.

Il savait qu'elle se bradait, qu'elle refusait de faire payer des gens qui n'en avaient pas les moyens… C'étaient surtout des femmes divorcées qui n'avaient plus de logement, qui attendaient une pension alimentaire… Ce n'était pas un engagement spécialement féministe car, des années après, elle a continué à œuvrer pour les sans-papiers, c'était un engagement plus profond, plus humain. Souvent, les gens venaient la remercier avec des paniers de fruits, des chocolats… Elle a exercé en cabinet une quinzaine d'années puis elle a préféré travailler bénévolement. Elle s'est mise au service de la Cimade, qui aidait les migrants et les sans-papiers. Elle mettait ses compétences juridiques à leurs services, elle faisait des dossiers de demandes de régularisation, ce genre de choses… Elle était très lucide sur le côté bonne conscience de ce genre d'association, le côté *moi j'ai tout, eux ils n'ont rien*, elle n'était pas là-dedans et elle traitait les sans-papiers comme les autres. Certains venaient pleurer, ma femme est partie avec un autre. Elle les écoutait puis elle disait, vous vous rendez compte de la vie infernale que vous lui avez menée, à votre épouse ? Maintenant, elle veut divorcer et je peux vous aider dans la procédure mais ne comptez surtout pas sur moi pour la plumer ! Les gars repartaient la queue entre les jambes, ils prenaient conscience de ce que personne ne leur avait jamais dit. Elle a toujours protégé les faibles, les petits, ceux qui n'ont pas de voix. Moins tu avais de poids social, plus elle était attentive à toi.

Audrey

C'est grâce à Christiane Taubira que j'ai compris les infidélités de Franck. Il passait un temps fou sur les réseaux sociaux. Tout le temps sur son ordinateur, à penser qu'il allait percer dans le milieu de la musique. Il avait l'impression d'être quelqu'un dès qu'il avait deux likes… On vivait sur deux continents, mais on continuait à être un couple malgré la distance. Je ne perdais pas l'espoir qu'il se décide à rentrer, j'y croyais encore.

Il était venu passer quelques jours en France et il était sorti se promener avec les enfants.

J'allume la télé et je tombe sur Taubira, elle annonce qu'elle démissionne, elle explique qu'elle ne veut plus participer à un gouvernement qui réfléchit à un projet de déchéance de nationalité. Ça arrive après le Mariage pour tous où elle en a déjà pris plein la gueule. Je me dis, cette femme, c'est quelqu'un, elle a tout de même créé une loi qui reconnaît l'esclavagisme comme crime contre l'humanité, c'est pas rien... J'éteins la télé et je vais sur l'ordinateur, je tape dans Google, comment contacter Christiane Taubira.

C'est à ce moment-là que je tombe sur le Facebook de Franck, ouvert, enfin, une conversation qui apparaissait dans un coin de l'écran, un dialogue avec une de ses chanteuses, je lis, et je découvre qu'ils sont ensemble depuis des mois déjà...

Anna

Aux Baumettes, j'avais un patient d'une cinquantaine d'années, qui n'arrêtait pas d'avaler couteaux et fourchettes. Les radios montraient au moins une vingtaine de couverts dans son estomac, et lui, il continuait, il faisait perforation intestinale sur perforation intestinale. Je le voyais souvent, je l'écoutais, qu'est-ce que je pouvais faire d'autre ? Je n'allais pas le sauver.

Depuis que je suis à Grenoble, je fais de la prévention tuberculose, hépatite et VIH, mon quotidien, ce sont les migrants. Des migrants qui ont traversé la Méditerranée, qui se sont fait enfermer en Libye et ont franchi la frontière italienne sous la neige. Je vois des gens qui sont vraiment au fond du trou, je leur dis, vous n'avez pas le choix, il faut survivre. Derrière les mots, migrants ou sans-papiers, ce sont des humains comme tout le monde, avec leurs propres ressources. Ils sont souvent jeunes et en bonne santé, même s'ils sont fatigués.

La veille de Noël, j'ai vu arriver une jeune femme, vingt-cinq-trente ans, toute petite, toute menue… Elle m'a raconté les viols qu'elle avait subis pendant son transit, les tortures… elle parlait doucement, les yeux baissés, et moi je l'écoutais. Tout le long de son voyage, on avait tenté de la réduire à néant, et pourtant, elle était là devant moi… avec ce grand besoin d'être entendue… Je me disais, si je l'écoute jusqu'au bout, si je comprends son histoire, elle retrouve une partie de son humanité perdue…

Quelques années plus tôt, j'avais fait une maraude à Briançon à l'occasion d'une manif. Ça remue vraiment, de passer une frontière sous la neige en pleine nuit, avec des enfants, en jouant à cache-cache avec les policiers. Il y avait un groupe d'une dizaine de personnes. Les enfants, deux jeunes hommes et une famille d'Afghans, ça allait de 2 jusqu'à 18 ans, ils se tenaient tous par les coudes avec le bébé au milieu. On les a encerclés et on a marché avec eux au centre. Sans leur parler, on les a entourés jusqu'à l'autre côté de la frontière italienne. À l'arrivée, il y avait une haie silencieuse de militants qui nous soutenaient. Dans la voiture ensuite, une jeune fille m'a énuméré le nombre de pays par lesquels ils étaient passés.

Toutes ces personnes qui arrivent avec des histoires incroyables, et pourtant, c'est bien ce que vit une grande partie de l'humanité aujourd'hui… Ma vie à moi, mes enfants, mon mari, ma maison, c'est plutôt l'exception…

Étant enfant, on pensait que j'étais la plus sage, la plus calme, ma mère et mes sœurs me racontaient leurs histoires que j'écoutais bien malgré moi. J'étais souvent dans mes pensées, je m'imaginais d'autres histoires, je voyageais dans ma tête. Aujourd'hui, c'est le monde qui vient à moi et je suis prête à les écouter, ses histoires, celles des femmes et des hommes qui s'effondrent…

Il y a des matins, je n'y arrive plus, je les vois sur le pas de la porte, je sens qu'ils ont un tas de nouveaux trucs à déverser et je ne peux plus, je ne peux plus entendre ces choses-là, parfois c'est trop lourd… Il faut être en forme, tout de même…

Ces jeunes femmes qui dorment dans des églises, qui, épuisées, s'écroulent sur mon bureau… Celle-ci, juste avant Noël, si pâle, si menue. Je lui ai fait des examens, elle avait une anémie gravissime, plus d'hémoglobine, je lui ai expliqué qu'elle devait aller se faire transfuser d'urgence. Elle parlait arabe, j'ai demandé un traducteur, je lui ai dit, vous devez absolument aller à l'hôpital, vous êtes en danger. Mais elle s'est mise à pleurer, non, je ne veux pas aller à l'hôpital, elle avait peur. Je lui ai dit, mais vous avez le droit de vivre, vous avez le droit de prendre soin de vous. Au moment de partir, plusieurs fois, elle s'est retournée pour me faire un petit signe de la main. C'était le 23 ou le 24 décembre, le lendemain, on rejoignait Maman pour passer Noël mais ce jour-là, en voyant cette fille partir et se retourner pour me faire signe, j'étais effondrée. Une collègue m'a dit, il faut que tu voies un psy, j'ai haussé les épaules, n'importe quoi, je vais très bien, c'est juste que parfois, c'est hyper fort…

Maman me voyait baigner dans ce milieu, les Baumettes à Marseille, puis le centre pour les migrants à Grenoble, et elle aussi a eu envie de s'engager, elle a quitté son cabinet d'avocats, puis Papa a fait du bénévolat à Médecins sans frontières, c'était bien, on pouvait en parler ensemble…

Audrey

Avant d'aller manger, on s'est retrouvés en bas de l'hôtel et Maman a dit, j'ai une dernière chose à vous demander. Mais là j'ai eu envie d'exploser, on est tous là, tu as tes quatre enfants avec toi, ton mec ! Qu'est-ce que tu veux de plus ? Qu'est-ce que t'as encore à nous demander ?

Elle a continué, je voudrais vous parler de la suite. J'ai réfléchi, je voudrais que mes cendres soient répandues dans le pré à côté de la salle des fêtes de Saint-Just. On lui a répondu, c'est juste pas possible. On va devoir demander l'autorisation à la mairie sauf qu'ils nous la refuseront. Mais moi, je ne veux pas être dans une petite boîte dans un cimetière, je veux être libre jusque dans mes cendres… On lui a répété que ce pré appartenait à la mairie et qu'en France, il était interdit de répandre les cendres de quelqu'un dans la nature.

Bon allez, mettez-moi dans le petit bois derrière le jardin de ma copine Evelyne. Mais non, on ne va pas demander à Jocelyne de répandre tes cendres dans son bois, c'est hyper glauque Maman, et en plus, quand elle ira se balader, elle pensera tout le temps à toi, tu te rends compte ?

On était en bas de l'hôtel et voilà qu'on en était encore à parler de ses cendres. J'ai dit, c'est pas vrai, on va arrêter cette discussion Maman. Et la suite, elle disait, et la suite ? Anna a répondu du tac au tac, la suite, Maman, on va l'écrire nous-mêmes.

Après, Jaja nous a dit qu'on avait exagéré, que c'était pas sympa de parler comme ça à notre mère la veille de sa mort… Mais nous, on n'en pouvait plus, c'est pour ça qu'on est allés au bar Rouge je crois, il fallait qu'on se sorte la tête de tout ça.

Jeanne

Je ne sais plus si c'est elle qui a parlé de la playlist. C'était le dernier soir, au restaurant, en Suisse. On était les seuls clients, le patron était aux petits soins, on ne cessait de commander des bouteilles de vin. À un moment, elle a dit, pour l'enterrement, vous vous organisez comme vous voulez, mais pour la playlist, écoutez-moi bien. Elle voulait qu'on passe le *Grand Jacques*, de Brel. Elle savait déjà, bien sûr, que vu les circonstances de sa mort, le prêtre de Saint-Just refuserait de faire une cérémonie religieuse, et les paroles de cette chanson, c'était un dernier pied de nez qu'elle lui faisait, « C'est trop facile d'entrer aux églises, c'est trop facile, de faire semblant… ».

Elle voulait du Barbara aussi, mon père a dit, *L'Aigle noir* ? Mais non voyons, pas celle qui parle de viol, c'est pas du tout adapté, mettez-moi plutôt, *Dis, quand reviendras-tu*…

Le jour et l'heure

Elle chantonnait, il lui restait moins de douze heures à vivre. C'était pas un suicide assisté, non, pas du tout. Ce n'était pas une pulsion de mort, bien au contraire. C'était une leçon de liberté, oui, comme nous tous, elle a essayé d'être libre…

Anna

Au doigt, je porte la bague que Maman m'a donnée. On a eu droit chacun à un bijou, j'ai pris la bague de ma grand-mère préférée. J'ai juste pris ça, je n'ai pas voulu du reste. Peut-être que tu pourrais prendre cette plante, ce meuble, ce vêtement ? Je disais, oui, oui, on verra quand tu ne seras plus là. Ça m'envahissait. Elle était dans la maîtrise de tout, même de l'après. Chaque chose en son temps. Ça me rappelait le service des soins palliatifs. Parfois, les gens n'étaient même pas morts que déjà les enfants se battaient pour des histoires d'héritage, de succession. Les parents partaient avec cette image de leur descendance qui s'entre-déchirait au pied de leur lit, c'était l'horreur. Quand je voyais ça, je disais aux infirmières de mettre les enfants dehors, ce n'était ni le lieu ni le moment…

Simon

Le dernier repas pris ensemble. Une merveille. Une auberge dans une rue pavée, avec une immense table. On est seuls dans le resto. On boit, on rit, on pleure. On était là tous les six, c'était un pari un peu fou. On était bien, on avait tous ce souci qu'il n'y ait pas de tension.

Parfois, elle me regardait. Édith, c'était tout dans les yeux. Quand j'étais content de moi, elle me souriait. Quand je disais une connerie, ses yeux me fusillaient. Tout ce week-end, elle avait une sorte de remerciement dans son regard. Merci de quoi ? Elle aurait fait la même chose pour moi. Je lui disais, pourquoi tu t'en vas ? Elle disait, je ne veux pas que tu sois là pendant trois ou quatre ans à venir dans un service hospitalier voir une mourante qui a perdu la tête. Sur cette dernière photo, au resto, il y a tous ses regards.

J'ai toujours eu horreur des démonstrations publiques. Se tenir la main, s'embrasser… J'ai horreur des diminutifs aussi, mon lapin, mon chou, moi, je m'appelle Simon et elle, c'était Édith. Dès qu'on était à deux, on se tenait beaucoup la main, on se serrait dans les bras. Elle me disait, on a tellement bien vécu tous les deux, c'est con que ça s'arrête là. Je répondais, tant pis, c'était une belle histoire quand même. Avec son début et sa fin. Et nos quatre enfants qui étaient là, qui nous faisaient ce cadeau magnifique.

Moi, je vois la mort comme une étape de la vie. Ce n'est pas un aboutissement, ce n'est sûrement pas la vie éternelle et toutes les conneries des églises. Édith, c'est comme pour mon grand frère, comme pour mes parents, elle continuera à vivre à travers nos conversations. Je les ai suffisamment côtoyés tous pour pouvoir prolonger leurs vies à travers nos échanges. Pour moi qui suis un lecteur de la première heure de *Corto Maltese* dont je lisais les planches dans *Spirou*, mes morts sont comme Monsieur Novembre. Ils viennent au moment où j'ai le plus besoin d'eux. Quand je dois prendre une décision, Monsieur Novembre intervient et me dit, ça ne va pas là, je te conseille plutôt de faire comme ça. Il faut que tu restes fidèle à toi-même, que tu gardes ton âme. Je ne parlerai pas d'ange gardien, je déteste cette connotation religieuse, je déteste les religions.

Jeanne

On est allés boire un verre dans un bar près de l'hôtel, le bar Rouge. Papa et Maman étaient partis se coucher. C'était un genre de night-club, au trentième étage d'un building qui surplombait la ville. Bâle *by night*. C'était la totale : boule disco, platines et dancefloor. Sauf que nous, on n'était pas là pour danser mais pour se bourrer la gueule. La carte des cocktails était dingue. On commence par une Lady Lucifer ou une Pornstar, a lancé Anna. Une Grosse Bertha ou un Zombie ? Finalement, on a tous pris des whiskies-coca, c'est ce qu'il y avait de moins cher, c'est vraiment ruineux ce pays. On picolait en regardant la ville du trentième étage, on riait beaucoup. Ça faisait longtemps que je ne m'étais pas mis la tête à l'envers comme ça.

Audrey

Ils passaient de la techno, de la new-wave, le genre de soupe que t'entends sur la FM. On essayait de parler mais on ne s'entendait pas, et à partir du troisième whisky-coca, ça n'avait plus vraiment d'importance. Jaja s'est levée sur *Enola Gay*, son verre à la main, et s'est mise à onduler, les yeux fermés. Théo et Anna se sont levés, et ont commencé à danser autour d'elle, *Ha-ha Enola Gay*… Puis ils ont envoyé du Bowie – j'adore Bowie, c'était *Heroes*… On était au milieu de tous ces gens qui reprenaient le refrain avec nous, *You can be heroes, just for one day*… Nous n'étions plus ces étrangers venus faire ce truc interdit chez nous, nous faisions à nouveau partie du monde, de la foule, nous n'étions plus qu'un seul corps, une seule voix, *You can be heroes ! Just for one day… oh-oh-oh-ohh, just for one day*…

Jeanne

Je suis allée sur la terrasse me faire une clope. Il y avait une odeur de shit, familière. Je n'avais pas fumé de pétard depuis des années. Et pourtant aux Beaux-Arts, qu'est-ce que ça y allait, les soirées beuveries, fumettes... Une fois j'étais tellement défoncée que j'avais réveillé Théo en pleine nuit en lui mettant une baffe, je l'avais forcé à fumer un gros bang avec moi, alors qu'il bossait H24 pour préparer sa médecine le pauvre... Ce soir, je le regardais danser derrière la vitre, il avait toujours été là pour moi, il faisait partie de ces hommes tendres et rares, comme Pierre, rencontré quelques années plus tard, que je n'avais plus jamais quitté...

L'odeur de shit était de plus en plus forte, je me suis tournée et juste à ma droite, un type fumait. J'ai eu l'impression qu'il m'observait depuis un moment, il m'a tendu son pétard en souriant. J'ai tiré une bouffée et on est restés comme ça de longues minutes, ce mec et moi, à regarder les lumières de la ville et à fumer, sans échanger un seul mot. Il était tout à fait mon genre, petit, trapu, très brun. J'étais loin de chez moi, loin de Pierre qui était resté avec les enfants. Je crois que ça m'aurait fait du bien, ce soir-là, d'embrasser un inconnu, à plus de mille kilomètres de chez moi. Mais je n'ai pas eu le cran et le type n'a rien tenté non plus, on s'est contentés d'échanger le goût de nos lèvres sur du papier roulé, c'était déjà très bien. Je ne sais plus qui, de Théo, d'Anna ou d'Audrey m'a ramenée à ma chambre, mais à vrai dire, après le cinquième whisky-Coca, j'ai tout oublié.

Anna

Le visage de Maman ce matin au réveil. Elle dit qu'elle n'a jamais aussi bien dormi. Son seul souci aujourd'hui, c'est qu'on soit à l'heure. T'as pensé à tout ma fille ? À prendre ton passeport aussi ?

Peut-être qu'on réagit plus violemment à la perte de ses parents lorsqu'on n'a pas d'enfant. Sûrement. Là, il y a cette obligation de rester debout pour eux. Cette sensation de vivre son départ à travers eux plutôt qu'à travers moi. Moi, je l'ai connue Madith, j'ai fait mon bout de chemin avec elle et à 20 ans, j'y ai mis fin. Maman disait toujours que c'était en perdant sa propre mère qu'elle était devenue femme. Elle avait à peine 30 ans. Je m'en souviens, je n'étais qu'une gamine mais je me souviens de sa douleur.

Demain je reprends le travail. J'irai coûte que coûte.

Rester au chaud dans ma bulle. Loin du cirque familial. Je n'ai jamais écouté leurs histoires, ni celles qu'ils nous lisaient. Les histoires, je préférais me les inventer toute seule. J'ai toujours eu besoin de rêver, sans ça je serais devenue dingue je crois.

Quand on a été tellement aimé et qu'on se sent obligé de rendre tout cet amour, l'air devient irrespirable… Enfant, j'étais l'oreille de ma mère, puis d'Audrey. Comme je parlais peu, on pensait toujours que je pouvais tout entendre. C'est faux. Ça me mettait en colère avant. Maintenant j'ai compris, c'est ma place, c'est comme ça.

À la sortie du parking, Papa a pris un sens interdit avant de mettre un coup de patin. Audrey s'est mise à hurler, comme au début du voyage il recommence, il fait n'importe quoi, on va tous crever ! La tension est montée d'un cran, on avait très peur qu'elle pète un câble à ce moment-là. Et Papa, mais non, c'est bon ! Audrey a même ajouté, j'ai trois mômes en vie moi, ils m'attendent, ils ont besoin de moi ! Ça suffit les conneries !

Jeanne commençait à sortir de ses gonds, elle en voulait à Audrey de s'énerver à quelques minutes de la mort de sa mère… Un peu de dignité, quoi… j'ai pris Jaja par les épaules, chut, calme-toi…

Ce « on va tous crever », c'est ma sœur tout craché. En même, temps, c'était là, dans la tête de tout le monde, il fallait que ça sorte.

Pas de message de Luc. Il ne voulait pas avoir de détails, il m'a dit, surtout, tu ne me dis pas à quelle heure... Tout à l'heure je l'appellerai, je lui dirai, voilà, c'est fait. Lui, son père est mort en s'étranglant à table, c'est pas mieux. On a cette chance d'accompagner notre mère, d'avoir pris le temps les uns et les autres de lui dire au revoir, c'est un luxe vu comme ça... J'en ai vu tellement, des gens à l'agonie en soins palliatifs, ça dure souvent des heures, voire des jours, les derniers gasps, les respirations qui s'arrêtent, c'est éprouvant pour tout le monde. J'ai accompagné des centaines de personnes mais pas une fois, ça ne m'a laissée indifférente. Après on faisait les présentations à la famille, à la morgue, jusqu'au départ du cercueil. En soins palliatifs, on accompagne jusqu'au bout. En prison, c'est différent, des morts violentes, des pendaisons...

Pour moi, suicide n'est pas un vilain mot. En prison, on n'a pas le droit de se suicider... On leur met des pyjamas indéchirables, on les coince dans des cellules capitonnées, on leur refuse le droit de mourir, de sortir de cet enfer-là.

Théo

Sur la route, on s'est retrouvés derrière un tracteur. On était entourés de prairies, de champs. À l'horizon se découpaient les montagnes préjurassiennes, à la limite entre la Suisse et l'Alsace. J'ai appris plus tard qu'on les appelait les collines du Sundgau, ce qui veut dire collines des sorcières. Les sorcières, comme on appelait aussi celles qui pratiquaient l'avortement quand il était encore interdit en France. Pour l'IVG comme pour la mort assistée, ce sont souvent les femmes qui prennent les risques, c'est toujours sur elles que retombe le sale boulot.

Le tracteur n'avançait pas, c'était une petite route vallonée, Papa a bien tenté de doubler mais il s'est rabattu à temps, une voiture arrivait en face. C'était dingue, avoir parcouru tous ces kilomètres et, si près du but, se retrouver comme des cons, coincés par un tracteur. On pouvait y voir un signe du destin. Encore quelques minutes de gagnées.

On a fini par bifurquer dans un quartier pavillonnaire. Papa s'est garé devant une maison blanche, qui ressemblait à toutes les maisons blanches alentour. Alors, ça se passait là, au beau milieu d'un lotissement ? Ça devait être un truc de dingues pour les voisins, voir des cercueils passer sous leurs fenêtres tous les deux jours…

Devant la maison, il y avait des arbustes sur lesquels étaient accrochées de petites étiquettes qui virevoltaient. Sur l'une d'entre elles, j'ai lu le prénom de Maman.

Ça se passait sur l'arrière du pavillon, un genre de véranda, avec une baie vitrée, donnant sur la forêt. Après, on est sortis. Les médecins légistes sont arrivés, un policier, j'avais l'impression d'être dans un film. On avait les images, mais pas les sous-titres. Comme si nos parents nous avaient raconté une histoire, la belle histoire d'un couple qui s'aimait et que tout à coup, tout s'arrêtait.

Audrey

C'est quand même un sacré truc, voir ta mère qui appuie sur cette pompe devant toi. Ils ont beau dire ce qu'ils veulent, faut pas se voiler la face, pour moi, c'est un suicide assisté. C'est comme si ta mère se tuait sous tes yeux tout en te demandant de lui faire des bisous. Et accompagner sa mère dans un suicide, ça laisse des traces. Faut pas oublier que le produit qu'elle s'envoie, quand elle appuie sur la pompe, c'est de l'anesthésiant. Une dose extrêmement forte d'anesthésiant. Un produit que t'utilises tout le temps quand t'es chirurgien. Et moi, je l'ai vue faire ce geste de s'injecter une dose mortelle. Après, pendant des mois, je ne pouvais plus. En pleine opération chirurgicale, je n'arrivais plus à appuyer sur la pompe. Impossible. Blocage total. J'avais l'impression que j'allais tuer mes patients. C'est grave quand même, quand tu es médecin, ne plus pouvoir anesthésier, ça veut dire ne plus pouvoir opérer, ne plus pouvoir exercer ton métier. J'ai dû suivre une thérapie. De l'EMDR. La thérapeute me demandait de revivre le moment où Maman actionnait la pompe et en même temps, je devais suivre du regard une sorte de baguette qu'elle me montrait. Il paraît que ça permet de réorganiser les informations dans le cerveau, d'évacuer le stress. Ce genre de thérapie, c'est pour les chocs post-traumatiques, ils l'utilisent pour les gens qui ont vu des scènes de guerre, des carnages…

Quelques semaines après, j'ai pu opérer à nouveau, mais à chaque fois, j'y pense quand même, ça me revient. Le même geste pour sauver ou pour tuer. Le même produit. C'est juste une question de dose.

Jeanne

C'est une simple formalité.

Face caméra, elle décline son identité puis son âge, elle dit qu'elle veut mourir. C'est le protocole qui veut ça, pour la justice après.

Tout s'enchaîne très vite.

Elle demande au médecin si la poche de liquide pour la perf est bien stérile. Je me dis qu'à ce stade, c'est plus très important.

Nous on est assis autour d'elle. On les entoure, Papa et elle.

Toujours face caméra, elle actionne la molette et lance la perf.

Quelques secondes passent, elle se redresse et crie, ça ne fonctionne pas, la dose n'est pas assez forte !

J'ai pas pu supporter, je me suis levée et j'ai quitté la pièce.

C'est ce qu'elle a dû voir comme dernière image, sa cadette qui s'éloignait.

Quand je suis revenue quelques instants plus tard, elle avait les yeux clos, sa tête sur l'épaule de mon père. Elle souriait.

Simon

Nos familles avaient toutes deux des fermes dans le Berry… La famille Le Gall, c'étaient de grands amis de ma tante, ils jouaient à la belotte tous les dimanches. Quand Édith avait 5 ans, moi j'en avais 10, quand elle en avait 10, j'en avais 15, c'était une petite gamine et je ne m'intéressais pas trop aux gamines. Et puis je suis parti du Berry à l'âge de 7 ans, on a déménagé mais on revenait aux vacances.

Chaque été, c'étaient les bottes de paille, les greniers à foin, courir derrière le tracteur, faire du rodéo sur le dos du bélier, on s'amusait comme des fous. C'étaient les bandes d'enfants, Édith avait quatre frères et sœurs, moi, j'en avais trois. Mon père s'est réinstallé dans la région quelques années plus tard, mon frère aîné allait dans un lycée agricole près de chez eux. On les revoyait de temps en temps. En 1971, mon frère a eu un accident sur une machine agricole, il est mort. Il n'avait que 23 ans, moi, 22, c'était mon *alter-ego*. C'est à ce moment-là que je me suis rapproché d'Édith. J'avais déjà commencé des études de maths et elle, elle était élève infirmière. On est tous partis faire du ski ensemble dans les Alpes. On est tombés amoureux là-bas, dans les montagnes. Le soir, on jouait aux cartes, on faisait des crapettes, on se faisait du pied sous la table. On s'est mariés pile un an plus tard.

J'avais complètement raté mes maths, c'était trop théorique pour moi, trop abstrait. Avec un copain, on ne savait pas quoi faire, il y avait un médecin près de chez nous qu'on connaissait très bien, on est allés le voir, on lui a demandés conseil. Il nous a dit, faites médecine les jeunes, faut surtout pas manquer ça !

Le jour même, on s'est inscrits à Saint-Étienne. Une fac de médecine venait d'ouvrir. J'ai adoré la médecine générale, ça a été ma passion. J'aimais ce métier d'abord pour la relation humaine, la confiance qui s'établit. Si tu veux aider quelqu'un, il faut d'abord apprendre à le connaître, ça me semble indispensable. Les politiques ne cessent de créer des textes depuis des années pour casser ça. Ne pas savoir ce qui se trame exactement entre un médecin et son patient, dans un contexte de surveillance généralisée, ça ne leur plaît pas du tout. Ils aimeraient tout connaître, tout contrôler.

Quand on était à ce séjour au ski, Édith et moi, on est montés sur un télésiège et on s'est embrassés pour la première fois. En descendant du télésiège, j'ai crié, putain, que c'est beau ! ça cassait un peu le romantisme du premier baiser. Après, c'est resté longtemps un code entre nous, à chaque fois que j'étais un peu ballot, elle se fichait de moi, elle disait, putain, que c'est beau !

Ce texte a fait l'objet d'une commande de la part du Bateau Feu, Scène nationale de Dunkerque.

Cet ouvrage a été composé par PCA

Imprimé en France par
CPI BUSSIÈRE (18200 Saint-Amand-Montrond)
en juin 2023

pour le compte des Éditions J.-C. LATTÈS
17, rue Jacob – 75006 Paris

PAPIER À BASE DE FIBRES CERTIFIÉES

JC Lattès s'engage pour l'environnement en réduisant l'empreinte carbone de ses livres. Celle de cet exemplaire est de : 450 g éq. CO_2
Rendez-vous sur www.jclattes-durable.fr

N° d'édition : 01 – N° d'impression : 2071871
Dépôt légal : août 2023
Imprimé en France